グリム小辞典
A Pocket Dictionary of Brothers Grimm
(Fairy and Folktales, Mythology, Law)

下宮 忠雄
Tadao Shimomiya

文芸社

Jacob Grimm (右) 1785-1863
Wilhelm Grimm (左) 1786-1859
グリム童話, ドイツ伝説, ドイツ語辞典

まえがき

　グリムといえば、童話ヘンゼルとグレーテル、赤ずきん、白雪姫、ハーメルンのネズミとり、民話タンホイザー、白鳥の騎士、グリムの法則（言語学）、ドイツ語辞典などが連想される。本書はグリム兄弟の多面的な著作の中から童話、伝説、神話、法律を中心に343項目を選んで、アイウエオ順に配列し、紹介する。

　グリムの童話と伝説は出版の200年を経た今日、世界の共通財産になっている。グリム童話は170言語で出版され、総発行部数は10億である（グリム博物館館長ベルンハルト・ラウアー博士、カッセル、2012）。

　ドイツではフンボルト、シュレーゲル、グリムのいずれも兄弟で有名だが、グリムのように同じ家に住み、一生涯仲よく研究して、学界に貢献した人はめずらしい。

　兄ヤーコプはその『ドイツ語文法』4巻を「いとしいヴィルヘルムよ、この本はおまえのために書いたようなものだ」と弟に言っている。兄弟二人は「ゲルマン文献学の創始者」Founders of Germanic philology と呼ばれる。

2018年3月7日　埼玉県・所沢市　プチ研究室　下宮忠雄

(Published by Bungeisha, Tokyo, printed in 500 copies)

童話と伝説の相違は何か（p.144）、『ドイツ語文法』とは、どんな内容か（p.141）、兄ヤーコプと弟ヴィルヘルムはゲッティンゲン大学、のちにベルリン大学で、どんな講義をしたか（p.81）などにも触れる。神（p.61）、神明裁判（p.123）、悪魔（p.19）、英雄（p.38）、巨人（p.73）、小人（p.95）、天地創造（p.138）、宇宙滅亡（p.35）、叙事詩（p.118）、状態変化（呪い, 変身, p.117）などもご覧ください。

凡　例

1．グリム著作略号。deutsch（ドイチュ）は germanisch（ゲルマーニッシュ）（ゲルマン諸語）の意味に用いる。J.Grimm は名詞を小文字で書く。

DG ＝ ドイツ語文法 Deutsche Grammatik（J.）

DM ＝ ドイツ神話 Deutsche Mythologie（J.）

DR ＝ ドイツ法律故事誌 Deutsche Rechtsalterthümer（J.）

DS ＝ ドイツ伝説 Deutsche Sagen（J.&W.）

GD ＝ ドイツ語史 Geschichte der deutschen Sprache（J.）

KHM ＝ 童話 Kinder- und Hausmärchen（J.&W.）

2．KHM（童話）のドイツ語に添えた英語題は The Complete Illustrated Stories of the Brothers Grimm（1853, Routledge, London, reprint 1984, London）；DS（伝説）の英語題は The German Legends of the Brothers Grimm. 2 vols. Ed.& tr.by Donald Ward（Inst. for the Study of Human Issues, Philadelphia, 1981；注が貴重）によった。

3．古代ノルド語 ǫ（short open o）の代わりに ö を用いた。G.T.Zoëga（ゾエガ）『古代アイスランド語辞典』の表記法。

［参考文献］p.206-208　［英語索引］p.209-213

［主要事項索引］

アイスランド　16
アウタリ王の伝説　17
赤ずきん　18
悪魔　19
アスガルド　23
兄と妹　24
異界　26
いけにえ　26
命の水　27
イバラ姫　28
イバラ姫、日本で目覚める　29
ウィリアム・テル　31
ヴォルスング（フン族の王）　33
宇宙滅亡　35
ウトガルド　35
馬のひづめの跡　36
運命；運命の女神　37
英雄　38
エギンハルトとインマ　39
エッダ　41-42
エバの不揃いの子供たち　42
オオカミと7匹の子ヤギ　45
オオカミ人間　46
黄金の鍵　47
オーディン　48
お月さま　50
乙女イルゼ　53
オンドリの闘い　55
カールがハンガリーから　56
外国人、異郷人　57
カエルの王様　58
格言と祝福　58
鍛冶屋のヴィーラント　59
ガチョウ番の娘　60
神、神々　61
神々と人間の関係　62
神々の言語　63

神々の食事　63-64
脚韻　69
キャベツのロバ　70
巨人、巨人の国　73-74
霧の国　75
クッテンベルクの三人の…　77
国、国境　78
グリム、ヴィルヘルム　79
グリム、ヤーコプ　80
グリム童話のドイツ語文法　84
グリムの法則　85
芸術童話、創作童話　86
結婚禁止　86
ケニング　87
ケルンの大聖堂　88
恋人たちの小川　89
皇帝とヘビ　90
古エッダの歌　92
古代ドイツの森　93
ことわざ　94
小人、小人たち　95-96
サガ　98
三の数　102
死　105
ジークフリートと…　106
時間と世界　109
詩人　111
時代　111
死神の使者　111
十二使徒　113
樹木と動物　115
寿命　115
状態変化（変身 etc.）　117
叙事詩 epos　118
白雪姫　120
神官、司祭、牧師　123
仙女、巫女　129

宝物が橋の上に（夢）　130
魂　133
タンホイザー　133
翼をもった言葉　135
天空と星　137
伝説　138
天地創造　138
ドイツ語　139
ドイツ語辞典　139
ドイツ語の歴史　141
ドイツ語文法　141
ドイツ神話学　142
ドイツ伝説　142
ドイツ法律故事誌　143
頭韻　144
童話と伝説の相違　144
時は来たが、人間はまだ　145
泥棒の名人　148
トロル　148
長い鼻　149（挿絵p.10）
長靴を履いたネコ　150
夏と冬　151
七の数　153
二十進法　154
人魚、海の乙女　155
人間の創造　155
願いごと、望みの品　156
眠れる王　157
ハーメルンの子供たち　158
灰かぶり（シンデレラ）　160
白鳥の騎士　161
バルドル　164
半神　164
パンと塩　165
ヒキガエルの椅子　166
ひげを生やした乙女　167
百　168

病気　170
昼と夜　170
ビンゲンのネズミの塔　171
婦人の砂浜　173
ブラギ　177
フリッグ　177
フレイ、フレイヤ　177-178
ブレーメンの音楽隊　178
フン族の移住　179
ヘイムダル　180
ヘビ　180
ヘル　181
ベルンのディートリッヒ　181
ヘンゼルとグレーテル　182
北欧神話の九つの世界　182
星の銀貨　183（挿絵p.14）
魔女　184
魔法　185
巫女の予言　186
水の精　186
ミッドガルド　188
身分　189
迷信　189
女神　190
森の精　191
幽霊　192
ユグドラシル（宇宙樹）　193
夢　193
妖精　194
ラーン川が呼んだ　196
ラグナロク　197
ワルキューレ　200
ワルトブルク　201-203
ワルハラ　204

　赤ずきんが、お母さんに頼まれて、パンとワインをおばあさんの家に持って行きましたが、ベッドに寝ていたのはおばあさんではなくオオカミではありませんか。(p.18)

　これはご馳走の出てくる魔法のテーブルです。食事の用意をしろ！　とテーブルに言うと、ご馳走が山のように出てくるのです。「ごちそうさま、おしまい！」と言うと、ひとりでに片付くのです。(p.134)

　これはロバの口とおしりから金貨が出てくるのです。
これも宿屋の主人に盗まれてしまいました。(p.134)

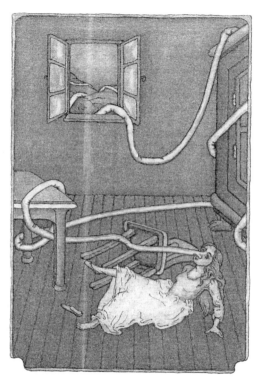

『長い鼻』お姫さまはリンゴを一つ食べて、あまりおいしかったので、もう一つ食べました。すると鼻がするする伸びて、テーブルをぐるぐるまいて、窓から外に伸びて、お城の外へ出て、なんと、なんと、町の中まで20マイルにも達しました。後片付けのために、お城の家来が250人も駆りだされました。
(p.149) [Helga Gebert画]

　イヌ、ネコ、オンドリ、ウマは年をとって働けなくなったので、主人に殺されそうになりました。四匹はブレーメンに行って音楽隊を結成するつもりでしたが、森の中の泥棒の住家から泥棒どもを追い出して、自分たちの住家にしました。ブレーメンの駅前には四匹の銅像が立っています。(p.178)

　ヘンゼルとグレーテルのお父さんとお母さんは、ここで待っててね、と言ったまま、帰ってきませんでした。両親は、とても貧しかったので、二人の子供を森の中に置き去りにしようと思ったのです。(p.182)

　二人はパンを食べてしまうと、もう何もありません。
森の中を三日さまよっていると、「アッお菓子の家だ!」
(p.182)

『星の銀貨』両親が亡くなり、一文無しになった少女が森の中にいると、スカートの中に空から星の銀貨が舞い降りてきて、彼女はしあわせに暮らしました。(p.183)

ルターの聖書（旧約聖書、ダニエルの予言）に見えるヨーロッパ、アジア、アフリカの地図（p.203）

［あ］

アースビョルンセンとモー（Asbjørnsen og Moe）ノルウェー民話の収集者。アースビョルンセンPeter Christen Asbjørnsen（1812-1885）はヨルゲン・モー（Jørgen Moe, 1813-1882）と共同で、Grimm兄弟の童話・民話収集に刺激されて『ノルウェー民話』Norske folkeeventyr（1841-44）を刊行。下宮『ノルウェー語四週間』（大学書林, 1993）にテキスト・訳注あり。

アールネ、アンティ（Antti Aarne, 1867-1925）フィンランドの民話学者。Stith Thompsonとともに昔話（メルヘン）分類の基礎を築いた。→ AT（p.25）

アイスランド（Iceland; Island, GD 523）1944年デンマークから独立し、アイスランド共和国（Republic of Iceland, Þjóðveldi Íslands）となる。人口32万（2016）、首都レイキャヴィーク（Reykjavik煙湾の意味）。太平洋に浮かぶ絶海の孤島。エッダ、サガ、スカルド詩の故郷。語源は「氷の島」だが、温泉（間欠泉, geysir）が豊富で、住居の暖房に利用される。2008年の金融危機によりアイスランドクローネ1.6円が0.8円に下落した。

アイスランド語（Icelandic; Isländisch, DG I² 280）ノルド語（Nordic; Nordisch）のうち、最古の特徴を示す。アイスランド共和国の言語であるが、その魅力は中世に開花したエッダ、サガ、スカルド詩である。ヨーロッパ大陸と大西洋で断絶されているため、ヨーロッパ文明語彙の進入が少なく、文明語（cultural word）が在来語（native word）で表現される。例：大学 university=háskóli 'high school', 学生 student=nemandi 'taker, learner', 哲学 philosophy=heimspeki 'world-knowledge', 文法 grammar=málfræði 'language-learning', 文学 literature=bókmenntir 'book-education', 電話 telephone=sími 'string, cord' など。参考書：森田貞雄『アイスランド語文法』大学書林 1984.

アウタリ王の伝説（The Legend of King Authari; Sage vom König Authari, DS 402）ランゴバルドの王アウタリはバイエルンの王ガリバルド（Garibald）の姫テオデリンデ（Theodelinde; Dietlind）に求婚するために、身分を隠して、使者の一行の一人としてバイエルンに赴いた。アウタリはテオデリンデを美しいと思った。アウタリ自身も金髪の美しい青年であった。まもなく、テオデリンデがランゴバルドに到着して、結婚式が豪華に行われた。突然、嵐が起こり、稲妻が走り、雷鳴がとどろいた。招待客の中にアギルウルフ（Agilulf）という高貴なランゴバルド人がいた。その召使いは稲妻の解釈を心得ていて、主人のアギルウルフに言った。「今日私たちの王と結婚する婦人は、やがて、あなたの妻になるでしょう」。それを聞いて、アギルウルフが召使いをたしなめた。「そんなことを他人に漏らしたら、お前は首が飛ぶぞ」。召使いが答えた。「あなたが私を殺しても、運命は変えられません。この婦人は、まことに、あなたと結婚するために、この国に来たのですから」。そして、そのとおりになった。［注］Aut-hari 'kingdom-leader', Agil-ulf 'sword-wolf.

青い明かり（The Blue Light; Das blaue Licht, KHM 116）
戦争が終わって、兵士が失職しました。長い間、王様に忠実に仕えたのに、退職金も貰えません。その上、けがをしているので、新しい仕事も見つかりません。とぼとぼ森の中を歩いていると、魔女の家に着きました。一晩の宿を乞うと、明日手伝ってくれというのです。仕事は古井戸の底にある青い明かりを取ってくるのです。この明かりはアラジンのランプのように、万能の明かりでした。これで魔女を征伐し、無慈悲な王様に復讐し、その王女をお嫁さんにしました。［アンデルセン童話『火打ち箱』に似ている］

赤ずきん（Little Red Cap; Rotkäppchen; KHM 26）赤ずきんという名のかわいい女の子がいました。おばあさんにもらった赤ずきんがとても気に入って、いつもかぶっていたからです。ワインとケーキをおばあさんのところに持って行ってね、とお母さんに頼まれました。途中で出会ったオオカミに先を越されて、おばあさんは食べられてしまいました。そして、赤ずきんが来るのを待っていたのです。声をかけると、声が違います。「おばあちゃ…」と声をかけたとたんに、赤ずきんも食べられてしまいました。さいわい、通りかかった猟師に助けられて、無事に家に帰ることができました。［教訓］お母さんの言うことをよく聞いて、途中で寄り道をしてはいけません。グリムはマイン川地方から採取したのだが、同じ題のペローの赤ずきん（Chaperon Rouge；chap-は英語のcap）は、食べられっぱなして、助け出されませんでした。

18

明るいお日さまが悪事を明るみに出す（The Sun Brings on the Day; Die klare Sonne bringt's an den Tag, KHM 115）仕立屋が、仕事が途切れて、一文無しになってしまいました。ユダヤ人に出会ったので、金を出さないと殺すぞ、と脅しました。8ヘラーしか持っていません、命だけはお許しください、と言ったのに、もっと持っているにちがいない、と殺してしまいました。しかし、8ヘラーしか持っていませんでした。その後、仕立屋は町の親方のところで仕事を得て、その娘と結婚しました。子供も二人できたのに悪事が発覚して、裁判にかけられ、処刑されました。この話はシャミッソー（Chamisso）の詩にある。

悪魔（Devil; Teufel, DM 822）devilの語源ギリシア語diábolosは「中傷者」の意味で、diabállō（投げつける）から来ている。ゴート語はギリシア語を借用してdiabaúlos［ディアボロス］と訳し、ギリシア語daimónion（demon; Dämon）をunhulþō（'unhold'優美でない者）と訳した。「悪魔」はヘブライ語起源のSatanもある。Godが善者であるのに対してdevilは悪者である。Luciferは光を運ぶ（lucifer）天使であったが、神に罰せられて暗闇に追放された。悪魔の外見は黒く、びっこ、動物の姿をして、馬やヤギの足をしている。ヘビの姿をして現れる（エデンの園）。悪魔の住居は地獄である。古代英詩ベーオウルフ（Beowulf）に出るグレンデル（Grendel）は悪魔の化身で、沼地に住むが、英雄Beowulfに殺される。豊島与志雄の『悪魔の宝』（1933）は猟師が悪魔と身分を取り替える話である。

［ボヘミア伝説における悪魔］悪魔は神に罰せられて地

上にたたきつけられた。その力があまりにも激しかったので悪魔の身体はバラバラになって飛び散った。頭はスペインに、足はフランスに、手はトルコとタタールに、胃袋はドイツに落ちた。だから、ドイツ人は大食大飲、フランス人は踊りが得意なのだ。スペインに落ちた頭は、のちにサラセン文化（医学、宮殿、絵画）を生んだ。

[バスク民話における悪魔] スペインのサラマンカ（Salamanca）には悪魔の学校（洞窟の中にある）があり、生徒7人が牧師になる教育を受けていた。授業料は無料だが、毎学期生徒が1人残って、食事や洗濯の手伝いをせねばならなかった。聖ヨハネの日（6月24日）が卒業の日だった。洞窟は出口が狭く、一人ずつしか通れない。最後の7人目が出ようとしたとき、悪魔が「お前は残れ」と言った。7人目は「ぼくのあとの人をつかまえてよ」と言った。ちょうど正午で、影が長く伸びていた。悪魔が影をつかまえたので、その卒業したばかりの牧師は一生、影がなかった。（J.Vinson: Le folklore du pays basque. Paris, G.-P. Maisonneuve & Larose 1883, reprint ca.1972）。サラマンカはスペイン最古の大学があり、最初のバスク語文法と辞書が出版されたところである。20世紀の哲人ホセ・オルテガ（1883-1955）がサラマンカ大学の学長であった。

[北欧神話] 龍の姿をしている（ニードホッグ Niðhogg）。ノルウェーでは悪魔は老エリク（Old Erik, Gamle Erik）として知られる。Donald Ward によると、悪魔は異教時

代の巨人、小人、家の精（Kobold）、魔王（Wild Hunter）が変形したものである（The German Legends of the Brothers Grimm, Philadelphia, 1981）。

悪魔とその祖母（The Devil and his Grandmother; Der Teufel und seine Grossmutter, KHM 125）三人の兵士が、給料があまりにも安いので、軍隊を逃げ出しました。畑に隠れていると、龍が空を飛んできました。悪魔が姿を変えていたのです。兵士たちの悩みを聞くと、7年後に魂をくれるならば、金はほしいだけやろう、と言って、金の出る鞭（むち）をくれました。約束の日に龍が来ました。謎が解けたら、魂を許してやってもいいぞ、と言うのです。その謎というのは悪魔が彼らを地獄へ連れて行って、ご馳走を食べさせるのですが、そこで食べる焼き肉は何か、スプーンは何でできているか、ワイングラスは何でできているか、という問題です。兵士の一人が前日、悪魔の祖母を訪ねて、その解答を聞き出していたのです。それで、三人とも、魂を取られずにすんだばかりでなく、お金の出る鞭も返さずにすみました。

悪魔のすすだらけの兄弟（The Devil's Sooty Brother; Des Teufels russiger Bruder, KHM 100）仕事がなくなって、くびになった兵士が森の中を歩いていると、悪魔に呼び止められました。7年間、おれの下男にならないか。食うには困らないぜ、と言われて、それにしたがいました。仕事は地獄の釜の火焚きです。条件は「7年の間、身体を洗ってはいけない、ひげをそってはいけない、髪

の毛も爪も切ってはいけない」というものでした。無事にお勤めを果たし、リュックサックに一杯の純金を貰いました。すごい形相になって、婆婆に帰ってきましたが、7年ぶりに身体を洗うと、すっかり美男になりました。地獄で習い覚えた音楽で、美しいお姫さまと結婚しました。

悪魔の風車（The Devil's Mill; Die Teufelsmühle, DS 184）ハーバーフェルト（Haberfeld, 牡ヤギの野原）にあるラムベルク（Rammberg, 牡ヒツジの山）の頂上に花崗岩の破片がある。これは悪魔の作った風車の破片で、次のような伝説がある。一人の粉屋が無風のときもまわる風車がほしいと思って、悪魔に製作を依頼した。期限は翌日の夜明けまで、報酬は30年後の魂であった。悪魔は早速仕事に取りかかり、完成寸前になったとき、粉屋はわざと、ひきうす（mill stone; Mühlstein）を山の頂上から下に向かって転がした。悪魔は追いかけたが、うすの落ちるほうが早く、一番鳥が鳴いてしまった。悪魔は地団太踏んでくやしがり風車をめちゃめちゃに壊してしまった。山のふもとには、今でも大きなうすが残っている。

アサ神族とヴァナ神族（Aesir and Vanes; Asen und Wanen, DM 180）北欧神話の神々の二つの種族で、オーディン、トール、テュール、フリッグを含むアサ神族が優位に立ち、後者を吸収した。J.グリムは両者の相違をゲルマン人とスラヴ人にたとえている。古代ノルド語áss（複数æsir）は地名 Oslo（神の森）、人名 Oswald（神の権力を持つ者）、Osborne（神から生まれた者）に残る。

アスガルド（Asgard; Ásgarðr, DM 682）北欧神話における神々の国。人間の国（Miðgarðr）、巨人の国（Jotumheim）に対す。ásは神（単数主格áss, 複数æsir）、garðrは園（garden, Garten）。アスガルドは虹の橋（Bifrost）で人間の世界ミッドガルドと結ばれている。

遊び好きのハンス（Play Hans; De Spielhansl, KHM 82）トランプ好きのハンスは、とうとう一文なしになって、子供たちにパンを買ってやるお金もなくなってしまったのです。その上、家まで抵当に取られてしまいました。神様と聖ペテロがハンスを訪ねて、三つだけ望みを許しました。ハンスが望んだものは、必ず勝つトランプ、必ず勝つサイコロ、ハンスが降りろというまでは降りられない果物の木でした。それらをもらったのですが、ハンスは一向にトランプ遊びをやめませんので、神様は死神を遣わしました。すると、ハンスは「ちょっと待って、木に登って果物でも食べててよ」と言ったものですから、死神は7年間も木から下りられず、その間、人間は一人も死にませんでした。神様が業を煮やして、死神に木から下りろと命令し、ハンスを殺してしまいました。

アッテンドルンの鐘の鋳造（Casting the Bell at Attendorn; Der Glockenguss zu Attendorn, DS 127）ウェスト・ファーレン州にあるケルン（Westfalen, Köln）近郊の小さな町アッテンドルンに一人の未亡人が住んでいた。彼女は息子をオランダに留学させた。息子は立派に修業し、毎年母親に贈り物ができるまでになった。あるとき、

息子は純金のお皿を一枚、ほかの品物と一緒に送ったが、その皿をわざと黒く塗っておいた。アッテンドルンの町では教会の鐘を鋳造することになり、使用済みの金属類を町民から集めるという布告を出した。未亡人は黒塗りの皿が、まさか純金とは知らなかったので、これを供出した。鋳造人は準備を整えるまで、弟子に、作業に取りかからないよいに警告して、所用に出かけた。しかし親方がなかなか戻らないので、弟子は好奇心から仕事を続け、見事な鐘を作り上げてしまった。形も鐘の音も優雅で、町民は大いに喜んだ。帰ってきた親方に喜んでもらおうと橋の上まで出迎えて報告すると、親方は勝手なことをしたと大いに怒り、弟子を打ち殺した。そして、半人前の青二才の作品のかわりに、本職の私が作りましょうと申し出た。当局は「これで十分満足だから、その必要はない」と答えた。さらに追及すると、鐘の音から材料に貴金属が含まれていることを悟ったので、鋳造の前に、それを抜き取るつもりだったと白状した。親方は殺人罪で処刑された。オランダから帰国した息子は、自分が原因で、一人が無実のまま、もう一人は有罪だが、二人が命を落としたことを悔やんだ。

兄と妹（The Little Brother and Sister; Brüderchen und Schwesterchen, KHM 11）継母の虐待に耐えられなくなり兄と妹は家出を決心して、森の中をさまよっていました。のどがかわいたので、兄が泉の水を飲もうとすると、妹がこの水を飲むと、トラになってしまうわよ、と言って、とめました。兄は二回までがまんしましたが、

三度目の泉のところで、こらえきれずに、水を飲んでしまったのです。そして兄はシカに姿を変えられてしまったのです。継母はもと魔法使いで、兄妹の行くさきざきに魔法をかけていたのです。しかし、妹の忍耐と勇気のおかげで、妹は王子と結婚することになり、兄も魔法がとけて、みなしあわせに暮らしました。

AT（メルヘン分類番号）アンティ・アールネ（Antti Aarne, 1867-1925）とスティス・トンプソン（orトムソン；Stith Thompson, 1885-1976）の略称で、世界の昔話（メルヘン）分類に用いられる記号。例えばAT 300は龍退治Dragon Slayer, AT 327はChildren and the ogre, AT 333は赤ずきんGlutton, AT 400は妻の探索Man on a quest for his lost wife, AT 425は夫の探索Search for the lost husband, AT 450 は兄と妹Little brother and sister, AT 510はシンデレラCinderella and cap o'rushes, AT 516は忠僕Faithful John, AT 613は二人兄弟Two brothers, AT 709は白雪姫Snow White を表す。

［い］

家の精（House Goblin; Kobold, DM 414）小屋を守る者。貧乏神で、わるいいたずらをすることがある。民話「ケルンのハインツェル小僧Heinzelmänner」は人間の手助けをする。Hausgeisterは男性のみで、女性はいない。ポンメルンではAlf, Drak, Rodjacke（赤ジャケツ）などとも呼ばれる（G.Neckel）。Koboldはkob小屋をwalt守る者、の意味。「水車小屋に住みついた精」p.124も見よ。

異界（The Other World; Jenseitswelt）現世に対す。天国、楽園、地獄（Heaven, Paradise, Hell; Himmel, Paradies, Hölle）などが考えられる。Enzyklopädie des Märchens（hrsg.von Kurt Ranke, Berlin/New York, 1975f.）によると、メルヘンの世界には次の三種がある。(1) 遠い世界 Fernwelt（森、ステップ、荒れ地、ほら穴、盗賊の家；forest, steppe, wasteland, cave, robber's house）；(2) 上の世界Überwelt（天、太陽、月、雲、風、宇宙樹 Heaven, Sun, Moon, Clouds, Winds, World-Tree）；(3) 下の世界（すべてを呑み込む大地、水、海、川、泉、沼地；the earth swallowing everything, water, sea, river, well, marsh）。小人の世界も異界だが、小人の国に3日間いただけなのに郷里に帰ると、7年が経っていた（小人たち、第2話、p.96）。

いけにえ（Offering, Sacrifice; Opfer, DM 29）いけにえ（犠牲、供物）は神を崇拝するときに捧げるものである。感謝の供物と償いの供物（thanking, atoning offering; dankende, sühnende Opfer）があった。収穫、狩猟の一部を捧げるのは前者であり、飢饉、不作、病気に対する犠牲は後者で、動物や人間が捧げられた。

イスタエウォネース（Istaevones, DM 291）プリニウスの『博物誌』とタキトゥスの『ゲルマーニア』に出る西ゲルマン民族の一つ。Sugambrer人を含み、のちFrankenbund（フランク同盟）のもとになった。

泉のガチョウ番（The Goose-Girl at the Well; Die Gänse-hirtin am Brunnen, KHM 179）王様に三人の娘がいま

した。王様はむすめたちを呼んで、自分をどのくらい愛しているかを尋ねました。長女は甘いお砂糖と同じくらいにお父さまが好きです、次女は美しい着物と同じくらいに好きです、と答えました。一番期待していた末娘は、お塩と同じくらいに好きです、と答えました。塩は料理に欠かすこと出来ない大事なものです。ところが、なに、塩だって、と王様は非常に怒って、娘に塩を一袋与えて、森に追い出してしまいました。王女は、さいわい森の中で魔女に救われ、三年間、泉のそばでガチョウ番をして暮らしました。そこで伯爵の息子と知り合い、結婚しました。この魔女は人間以上に善良で、二人を引き合わせたのも彼女だったのです。後悔していた王様と王妃様は、どんなに喜んだことでしょう。

イドゥン（Idun, DM 195）北欧神話の女神。永遠不老の園に夫Bragi（詩の神）とともに住み、彼女のもつ小箱のリンゴを一つ食べると、神々は若返る。このリンゴは決して尽きることはない。

命の水（The Water of Life; Das Wasser des Lebens, KHM 97）王様が重病になり、いまにも死にそうです。三人の王子が、王様を救う唯一の方法である命の水を探しに出かけます。末の王子だけが、その水を手に入れることができ、おまけに美しい王女と一緒になる約束までできたのです。二人は1年後に再会して結婚式を挙げることになっていました。それをねたんだ二人の兄は、共謀して、命の水を塩水と取り換えました。そして、これが末の王子

の持ち帰った水だと王様に飲ませると、病気はさらにわるくなりました。そのあと自分たちが持ち帰ったと称して、命の水を与えました。すると、王様は、たちどころに元気になりました。さらに王女をもわがものにしようと試みましたが、結局、悪事がばれてハッピーエンドになりました。[フランス語eau de vie も ラテン語aqua vitae も命の水の意味で、ウィスキーを指す。英語や日本語のウィスキー（whiskey, whisky）はケルト語でwater of lifeの意味]

イバラの中のユダヤ人（The Thief among the Thorns; Der Jude im Dorn, KHM 110）ある下男が3年間奉公して、たった3ヘラー（小銅貨）の給金しかもらえませんでした。しかし元気に旅に出ました。途中で小人に出会いました。小人が「お恵みを」と言うので、気前よく3ヘラー全部をあげました。小人が喜んで、お前の望むものを三つかなえてあげよう、と言いますので、下男は「狙うものは何でもあたる吹き矢」「その音色を聞くと、誰でも踊り出さずにはいられない胡弓（こきゅう）」「私が何か頼んだ人は、それを拒むことができないこと」を望みました。その三つをもらって、旅を続けているうちに、ユダヤ人と出会いました。そのユダヤ人は泥棒だったのですが、イバラの中でひっかかれながら、踊り続けなければなりませんでした。［注］ノルウェーの類話に「バイオリンをもったチビのフリク」（Veslefrikk med fela）がある。

イバラ姫（Briar Rose; Dornröschen, KHM）王様とお妃様に、待望の子供が生まれました。バラのように美しい女

の子です。王様はたいへん喜んで、親戚・友人はもとより、仙女（せんにょ, fairies; weise Frauen）も招待しました。その国には仙女が13人いましたが、銀のお皿が12枚しかありません。そこで12人しか招待されませんでした。お誕生の祝賀会に招待された仙女たちは徳、美、富、勇気など最高の贈り物を、生まれたばかりの姫に与えました。

　ちょうど11人目が祝福の贈り物を終わったとき、招待されなかった仙女があらわれました。そして、次ののろいの言葉を吐いたのです。「この娘は15歳の誕生日に錘（つむ, spindle ＜ spin 糸をつむぐ；ド Spindel ＜ spinnen）で指を刺されて死ぬであろう」。最後の12人目の仙女は、こののろいを取り消すことはできませんでしたが、「死ぬのではなく、100年間の眠りに落ちるだけ」と、のろいを和らげてくれました。お城は、すっかりイバラに覆われてしまいました。100年後、伝説を聞いて、王子がやってきました。そしてイバラ姫にキッスすると、姫はパッチリ目をさましました。まるで、「やっと会えたのね、私の百年待った人に」と言わんばかりに。

イバラ姫、日本で目覚める（wakes up in Japan; erweckt sich in Japan, 1990）これは学習院大学文学部独文科4年生だった本間広子さんの作品です。「みなさま、ごらんください。ドイツからいらした、イバラ姫でございます。ご存じのとおり、彼女は百年前の今日、つむで指を刺し、このような若さと美しさを保ちながら、眠り続けてきたのです。何というおだやかで美しい寝顔でしょう。

しかしながら、彼女にとって、この百年は、めまぐるしいものでした。戦争が起こるたびに、彼女はさまざまな国に渡り、科学者の研究対象となってきました。そして、今年の4月に、ニューヨークで競売にかけられたところ、わがテレビ局に競り落とされて、ここ日本で百年の眠りから覚めていただくことになったのです。

　さあ、あと5分ほどで、12人目の仙女の魔法がとけます。いままさに、われわれの前で奇跡が起ころうとしています。大ホールの特設舞台の上で、司会者が、やや興奮気味に、何千もの観衆に語りかけています。会場に招待されたのは皇族、国会議員、医者、科学者、童話の専門家、全国から抽選で選ばれた一般市民です。

　いよいよカウントダウンが始まりました。3, 2, 1, 0！舞台の上で、バラの飾りをほどこしたベッドから白い手が伸びました。静まりかえった会場に、次の瞬間、大きな歓声があがりました。なんという優雅な美しさでしょう！　テレビのカメラマンもスイッチを忘れました。何分か、あるいは何秒かもしれません。イバラ姫は、会場を見渡したあと、悲鳴をあげて、あえなく気絶してしまったのです！　ああ、なんとあわれなイバラ姫！　彼女は、いままでに見たこともない黒髪と平面的な顔に囲まれてショックを受け、今日もなお、眠り続けることになったのです」。

インガエウォネース（Ingaevones, DM 291）西ゲルマン民族の総称。プリニウスの『博物誌』およびタキトゥスの『ゲルマーニア』に出る。Yngvi（＝北欧神話のFreyr）を

崇拝していた。沿岸に住むCimbern, Teutonen, Chaucen, Angeln, Warnen, Sachsen, Friesen, Anglivarierを含む。

［う］

ヴァインスベルクの妻たち（The Wives of Weinsperg; Die Weiber zu Weinsberg, DS 493）コンラート王３世がヴェルフ（Welf）公爵を打ち破り、ヴァインスベルクを包囲したとき、婦人たちは、お城を明け渡す条件として、各人が肩に背負えるだけのものを運び出すことを願い出た。王は彼女らにそれを許可した。すると婦人たちは、ほかのものには、いっさい手をつけずに、自分の夫だけを背負って、外に出てきた。それを見て、王の部下たちは、けしからん、と言って停止を命じた。だが王は大笑いして、王の約束は守られねばならないと言って、婦人たちの策略を許した。

ヴァナ神族（Vanes; Wanen, DM 180）古代ノルド語vanir（複数，単数はvanr）北欧神話のフレイ、フレイヤ、ニョルド（Freyr, Freyja, Njörðr）などが属する神族で、アサ神族（æsir）に対する。両者は敵対関係にあったが、のちに和解して、アサ神族に吸収された。語源は古代ノルド語vinr「友人」ラテン語Venus「愛の女神」（Jan de Vries）。

ウィリアム・テル（William Tell; Wilhelm Tell, DS 518）皇帝の代官でグリスラー（ゲスラー）という男がスイスのウリ州に赴任することになった。しばらくして、彼は、誰もが通らねばならないボダイジュ（Lindenbaum）の下にステッキを立て、その上に帽子を置いて、そばに下男を見張りに置いた。そして次の布告を出した。ここを

通り過ぎる者は、あたかも領主が目の前にいるかのように、帽子に礼拝せよ。それを怠る者は重い償いをもって罰せられるだろう、と。この国にヴィルヘルム・テルという敬虔な男がいた。彼は帽子の前を通っても、一度も拝まなかった。帽子の見張りをしていた下男は代官に訴えた。代官はテルを呼び寄せて尋ねた。「なぜお前はステッキと帽子に拝まないのか。そう命令が出ているではないか」「代官さま、偶然そのようになったのでございます」。

テルは射撃の名手で、この国で彼にかなう者はいなかった。かわいい子もいた。代官は子供たちを呼ばせた。「テルよ、お前は射撃の名手だそうだな。その腕前を見せてくれ。お前の子供の一人に、頭の上にリンゴを載せて、それを射落としてみよ」。テルは神に祈った。そして、見事、わが子の頭上のリンゴを射落としたのだ。「お前が隠していたもう一本の矢はどうするつもりだったのか」「もし射損じたら、代官様、あなたを射るつもりでした」「テルを縛れ」。代官はテルを縛って、シュヴィッツ（シュヴィーツ）に帰るために、船に乗せた。アクセン（Axen）まで来たとき、嵐が襲って、船が揺れた。代官の下男の一人が叫んだ。「テルの縄を解いて、彼に船を操縦させてください。でないと、転覆してしまいます」。縄を解かれたテルは船を上手にあやつり、テルの岩場（des Tellen Platte）に来たとき、テルは叫んだ。「さあ、しっかり曳いてくれ」。一番先に飛び降りたテルは一目散に逃げ、待ち伏せして、残りの一本の矢で代官を射殺した。代官は倒れて死んだ。テルはウリ州に

走って帰り、仲間たちに事件を報告した。

　［注］DS 298（Die drei Telle）では、ヴァルトシュテッターゼー（Waldstättersee, 森の湖）近くの洞穴に三人のテルが眠り、祖国スイスが危難に陥ったときに目覚める。

ウォータン、ウォーダン（Woden, Wodan; Wuotan, DM 109）ゲルマンの最高神。ギリシア神話のゼウス（Zeus）、ローマ神話のユピテル（Juppiter＜Zeû páter 父なるゼウスよ）にあたる。アングロサクソン民族においてはWuodan, Wôdan, 北欧神話においてはオーディン（Óðinn, 最後のnは主格語尾-rより）と呼ばれた。ゲルマン語の語頭のw-はノルド語で脱落する（word=ord, worm=orm ヘビ）。Wuotanは「怒れる者」（der Wütende）の意味。

ヴォルスング（Volsung, DM 304）北欧神話の英雄。オーディンから数えて三代目の子孫にあたる（Odin→Sigi→Rerir→Volsungr）。フン族の王で、シグムンドやシグルドのような英雄を生んだ。「神から選ばれた者」の意味で、語源的にゴート語のwalisa（ド wählen 選ぶ）にあたる。その一族を描いた『ヴォルスング物語』（Volsungasaga, Völsungasaga）は、ヴォルスング、その息子シグムンドと娘シグニ、兄妹との間に生まれた息子ヘルギ、シグムンドとヒョルディスの息子シグルド、その妻グドルーン、悲恋のグドルーンとその第二の夫アトリをめぐる不幸を語る。［参照：斎藤忠『北欧神話』元々社、1955の中の「ヴォルスング物語」p.63-183；The Story of the Volsungs and Niblungs, tr.by Eiríkr

Magnússon and William Morris, 1870, The Harvard Classics, in Epic and Saga, New York, 1938, p.249-358〕同じ内容は中世ドイツの『ニーベルンゲンの歌』（Nibelungenlied, 13世紀）に歌われ、英雄ジークフリートとその妻クリームヒルトの悲劇が語られる。

歌いながら跳ぶヒバリ（The Soaring Lark; Das singende springende Löweneckerchen, KHM 88）ある男が旅にでることになり、三人の娘におみやげに何がほしいか尋ねました。長女は真珠を、次女はダイヤモンドを、三女は表題の風変わりなものを望みました。用事が終わり帰途につくことになりました。最初の二つはすぐに手に入りましたが、最後のは困りました。意気消沈して、森の中を歩いていると、見かけぬ立派なお城があり、その庭の木に、なんと、娘が望んでいた、あのヒバリがいるではありませんか。男は小躍りして、下男に木に登らせると、ライオンが叫びました。私のヒバリを盗もうとする者は食べてしまうぞ。命が惜しければ、帰宅したときに最初に出会う物をよこせ、と。男は命惜しさに、承諾してしまい、ヒバリを貰って帰宅しました。最初に出迎えたのは最愛の三女でしたので、愕然としました。娘は、約束したのですから、と言って、迎えに来たライオンに従いました。でも、ご安心めされ。ライオンは魔法にかけられた王子だったのです。

歌う骨（The Singing Bone; Das singende Knochen, KHM 28）凶暴なイノシシが国を困らせていました。王様が、こ

れを退治した者には王女を与えると布告しました。ある兄弟が征伐に出かけました。そして、弟が見事にイノシシをしとめましたが、兄は嫉妬から、弟を殺して、名誉を奪い取り、お姫さまと結婚しました。しかし、羊飼いが、死体のそばにあった小さな骨で角笛を作り、それを吹いたところ、兄が私を殺したという悲痛な叫びが聞こえたのです。羊飼いは、すぐにこのことを王様に報告したので、兄の犯行が暴露しました。

宇宙滅亡（Destruction of the World; Weltuntergang, DM 679）北欧神話の特徴は、宇宙の崩壊である。太陽も月もオオカミに呑み込まれ、人間の世界を取り巻く巨大なヘビ（ミッドガルドのヘビ）が暴れまわる。神々と巨人族が戦い、オーディン、トール、フレイ、テュールの神々がすべて倒れる。そして宇宙樹（ユグドラシル）が燃え上がって海中に没し、宇宙全体が滅びる。この宇宙炎上（World Burning; Weltbrand）を炎の火（スルタロギSurtalogi, 炎の巨人スルトSurtrの火）ともいう。これは旧世界（ゲルマンの神々、異教の世界）が滅び、新世界（キリスト教の世界）が誕生することを示す。フィンランドの『カレワラ』Kalevalaの最終章（50章）にも異教時代が終わりを告げ、キリスト教が伝来することが歌われている。

ウトガルド（Utgard; Útgarðr, DM 202）外の園、外苑、外の世界。út='out'. アスガルドAsgardとミッドガルドMidgardの外にある国。散文で書かれた『ウトガルドの

ロキ』Útgarðalokiの中で、トールがウトガルドを訪問する。宮殿を見上げると、腰が曲がるほど高い。その国の王、ウトガルドのロキはトールに三つの腕比べを挑むが、三つとも、トールが負けてしまった。酒飲みの試合で、トールは腹いっぱい飲んだが、ホルンの中身は、減らない。ホルンの底が海に通じていたからである（これはずるい）。

馬のひづめの跡（The Horse's Hoofprint; Der Rosstrapp, DS 319,5）ボヘミアに、昔、一人の王女がいて、強大な巨人から求婚されていた。王は、恐ろしさのあまり、承諾してしまったが、彼女にはすでに意中の人がいたので、父親の命令に反対した。父親は怒って、結婚式を翌日に決めてしまった。彼女が、泣く泣く、恋人に相談すると、即刻逃げることに決めた。父親の馬が入っている厩（うまや）の主人たちはみな王の忠実な部下であり、その馬を利用することはできない。巨人の黒馬が特別な場所に作られた厩に繋がれていた。恋人はその鎖を剣で断ち切り、王女は宝石と王の冠を奪って、二人は黒馬にまたがり、全速力で逃げた。逃亡に気づいた巨人が捜索犬（Spürhund）を従えて追って来た。ハルツ森（Harzwald）に近づいたとき、王女は追っ手に気づいた。黒馬の向きを変えて、森の中へ疾駆させ、ボーデ川（die Bode, Saale川の支流）が流れる絶壁に立ち止まった。王女は、勇敢にも、黒馬の肋骨を蹴り、黒馬は見事な跳躍をして、恋人たちを乗せたまま、向こう岸に渡ることができた。続く巨人の馬は、巨人の重さのた

めに、跳躍が足りず、恐ろしい音を立てて、墜落した。成功した馬のひづめの跡は、今も残っている。助かった王女は小躍りしたので、その場所は今でも踊り場（Tanzplatz）と呼ばれる。だが携えてきた王の冠は川の中に落ちてしまった。（DS 319はDer Rosstrapp und der Kreetpfuhl「馬のひづめの跡とクレート沼地」の題で5つの伝説が載っている。ここにはレクラム版にしたがい、5のみを採った）

運命（Fate; Schicksal, DM 714）神は創造者であり、善の行為者であり、生命、勝利、しかし不幸や死も与える。それを運命と呼ぶ。運命の英語fateの語源であるラテン語fatum（不定詞fārī）は「（前もって）言われたこと、予言されたこと」である。ドイツ語のSchicksalは「それがふさわしい（es schickt sich）こと」である。神でさえ、より高位の神には逆らえない。オーディンは愛する息子バルドルを救うことができなかった。神々の黄昏において神々は巨人族と戦い、自らも倒れた。

運命の女神（Norns; Norne, DM 335）北欧神話。知恵の巨人ミーミル（Mímir）の三人の娘で、ウルド（Urð, 過去）、ヴェルダンディ（Verðandi, 現在）、スクルド（Skuld, 未来）と呼ばれる。語源的にドイツ語のwurde ‘was’, Werdende ‘being’, Schuld ‘should’ にあたる。宇宙樹（Yggdrasil）の根にある泉（ウルドの泉Urðar brunnrという）の水を根に注ぎ、枯れないように守っている。ノルン（norn）の原義は「ささやく者」（die raunende）。

［え］

英雄（Heroes; Helden, DM 282）英雄は神と人間の中間段階で、英語demigod、ドイツ語Halbgott、ラテン語semi-deusともいう。英雄は、生まれたときは人間だが、悪と戦い不朽の功績を果たすことによって神の世界へと導かれる。ギリシア神話のゼウスはアルゴス（Argos）の王妃アルクメーネー（Alkmênē）との間にヘーラクレース（Hēraklês）を生む。フェニキアの王女エウローペー（Eurôpē）との間にミノス（Minos）を生み、ミノス文化を築いた。英雄は神の末裔である（descendents of Gods; epigonen der götter）。超自然的存在（demonic beings; dämonische Wesen）と異なり、英雄は人間から生まれた。生れる前に、母胎から切り離された子供は英雄になる運命を担っている（322）。ペルシア詩人フィルドゥーシー（Firdusi）のロステム（Rustem）、アイルハルト（Eilhart）の語るトリスタン（Tristan）、ロシアのドブルーニャ・ニキティチ（Dobrunja Nikitič）、スコットランドのマクドゥフ（Makduf）、北欧のヴォルスング（Volsung, p.33）など。

神・英雄・人間（God, Hero, Mankind; Gott, Held, Mensch）の三階層は王・貴族・自由民（king, noble, free; der König, der Edle, der Freie）の三階層にあたる。

永遠の狩人（The Eternal Huntsman; Der ewige Jäger, DS 309）ヴュルテンベルク Württembergのエーバーハルト伯爵が森に狩猟に出かけた。突然、ザワザワという音がしたので、馬を下りると、森の精のようなものが目の前に

いた。「私に危害を加えるつもりか」と尋ねると、「いいえ、私はあなたと同じように人間です。以前は領主でした。私は狩猟が好きでしたので、神様にお願いしたのです。最後の審判の日まで続けさせてください、と。私の願いは、あいにく、聞き届けられて、もう450年もの間、同じ牡鹿を追いかけているのです。私の家系と血統をまだ誰にも打ち明ける機会がありませんでした」。エーバーハルト伯爵は言った。「お顔を見せてくださいませんか。分かるかもしれませんので」。すると、彼は姿を見せた。額は、やっと、こぶしほどの大きさしかなく、カブラのように枯れて、海綿のようにしわがよっていた。やがて彼は姿を消して、ふたたび牡鹿を追い続けた。［注］Hirsch（牡鹿）は英 hart, ラ cervus, ド Hirn（脳）, Horn（角）と同根。Hirzberg（牡鹿山）, Wirtshaus zum Hirschen（牡鹿ホテル）がある。

エーギル（Aegir, DM 196）北欧神話の海の神。西の海の底に住み、海上の嵐を鎮める。妻ラーン（Rán）は巨人族出身で、難破した船の人間を捕える。その9人の娘は波の精で、ラテン語ウンディーナ（undina 小さな波, unda 波）、ドイツ語ウンディーネ（Undine）、フランス語オンディーヌ（Ondine）、ギリシアの海の神ポセイドーン（Poseidon）、ローマの海の神ネプチューン（Neptune）にあたる。

エギンハルトとインマ（Eginhart and Emma; Eginhart und Imma, DS 457）カール大帝の主任司祭で書記のエギンハルトは王宮（アーヘン Aachen という説とインゲルハイム Ingelheim という説がある）で立派に職務を果たしてい

39

た。すべての人から賞賛されていたが、皇帝の娘インマから熱愛されていた。しかし、時が経てば経つほど、二人の間の秘密の愛は高まっていった。二人は皇帝に知られることを恐れた。エギンハルトは、直接インマに自分の思いを伝えようと決心して、暗い夜に彼女の住まいに赴いた。あたかも皇帝の用事で来たかのように、ドアを軽くノックすると、中へ入れられた。そこで二人はおたがいの愛を告白し、待ちかねたように抱擁しあった。若者が夜明け近く自分の部屋に戻ろうとすると、夜の間に雪が深く積もっていた。このまま敷居をまたぐのは、まずい。男の足跡はすぐに分かる。すると乙女は大胆な名案を思いついた。彼女が彼を背負って彼の部屋の近くに行き、そこで下そう、と。神の摂理（God's Providence; Gottes Schickung）か、今夜にかぎって、皇帝は一睡もできず、早朝、宮廷の庭を見ていた。すると、娘が重い荷物を背負って、ぐらぐらしながら歩いて行き、荷物をおろすと、跳ぶように帰って行く様子をしっかりと見ていた。皇帝は感嘆と同時に苦悩を感じた。娘はギリシア王の花嫁として婚約していたからだ。エギンハルトは、いずれ明るみに出るだろうと覚悟して、皇帝の前にひざまずいて、いとまを願い出た。皇帝は自分の感情を抑えて、知らせがあるまで待つように命じた。皇帝は信頼する大臣たちを呼んで、事情を話した。彼らはみな聡明で温和な人であった。皇帝自身が決めてください、というのが全員の意見だった。皇帝は二人を許すことに決めた。カールはエギンハルトを呼んで、こう言った。「お前の奉仕に対

して私はもっと早く報いてやるべきだった。報酬として、娘のインマを妻に差し上げよう。雪の中、お前を背負って、運んだのだからな」。すぐに娘が呼ばれ、顔を赤らめたインマとエギンハルトの結婚式が、廷臣たちの見守る中で挙げられた。そして皇帝は彼女に土地と十分な持参金を持たせた。皇帝の死後、ルートヴィッヒ敬虔王（Ludwig der Fromme）は彼らにマインガウ（Maingau）のミヒリンシュタット（Michlinstadt）とミューレンハイム（Mühlenheim）を与えた。そこはいまゼーリゲンシュタット（Seligenstadt, 祝福の町）と呼ばれる。

　別の伝説はゼーリゲンシュタットの起源をこう語っている。皇帝はインマとエギンハルトを家から追い出した。その後、皇帝は狩猟中、道に迷い、小屋を見つけて、そこに避難した。そこにインマがいて、皇帝の好きな料理を彼に出したので、娘だということが分かった。偶然の再会を喜んで、カールはこう叫んだ。
Selig sei die Stadt genannt, この町を祝福の町と呼ぼう。
Wo ich Imma wiederfand! インマに再会できたのだから。
　［注］この美談はH.W.LongfellowのTales of a Wayside Inn, III. The Student's Tale（1873）に描かれている。
エッダ[1]（詩のエッダ：Edda, GD 528）は北欧神話と英雄伝説からなる。「聞くがよい、昔、北国に展開した栄華と没落の物語を、氷の原野と灰色の海に繰り広げられた愛と不幸の物語を」と英国の詩人ウィリアム・モリス（William Morris, 1834-1896）は歌っている。エッダ、サガ（Saga）、

41

スカルド詩（Skaldic poetry）は中世アイスランド文学の宝庫であった。詩のエッダ（Poetic Edda）はセームンド（Saemundr, 1056-1133）のエッダとも呼ばれる。作者と推定されるセームンドはパリに留学し、博識のセームンドSaemundus multiscius）と称された。テキストはHans Kuhn刊Edda. Die Lieder des Codex regius（Heidelberg 1961：辞書1969）が最良とされる。原語からの日本語訳に松谷健二（筑摩書房）と谷口幸男（新潮社）がある。散文のエッダ（Prose Edda）は次項エッダ[2]を参照。［参考書：下宮『エッダとサガの言語への案内』近代文藝社2017］

エッダ[2]（スノリのエッダ, Snorra-Edda, GD xxviii Die Edda）散文のエッダともいう。著者スノリ・ストゥルルソン Snorri Sturluson（1178-1241）は詩人、歴史家で、のちに国家元首になった。散文のエッダは次の三部作の総称であるが、特に北欧神話の概要を描いた①を指す。

①Gylfaginning（ギュルヴィの欺き）Sweden の伝説の王。
②Skáldskaparmál（詩人の言語；詩学入門書, ars poetica）
③Háttatal（韻律一覧；102の節からなる頌詩）

　ほかにヘイムスクリングラ Heimskringla（原義：世界のまわりに；heim 'home', kringla 'around'）という歴史物語があり、神話時代からノルウェー王朝の歴史1177年までを語る。スノリがラテン語で書いていたら、ヨーロッパ中世の歴史書にもっと広く利用されていただろう。

エバの不揃いの子供たち（Eve's Unequal Children; Die ungleichen Kinder Evas, KHM 180）アダムとエバに大

勢の子供がいました。美しい子供も醜い子供もいました。この子供たちは、どのように育ったらよいでしょう。神様はそれぞれに将来を定めました。最初の子供は王様になるように、二番目は公爵、三番目は伯爵、それから順に勲爵士、貴族、平民、商人、学者、百姓、漁師、鍛冶屋というぐあいでした。そして最後は下男、女中、というように。すると、エバが神様に言いました。神様、祝福の仕方がずいぶん不公平ではありませんか。みな私にとっては、同じように、かわいい子なのに。すると神様が言うには、王様や学者ばかりだったら、誰がパンを作るのか、誰が上の人に仕えるのか、と。こういうわけで、神様は人間の社会に階級をお作りになったのです。（ハンス・ザクス Hans Sachs, 1553, 1558 の作品による）

エフ・エフ・シー（FFC） = Folklore Fellows Communications（フィンランド民俗学協会紀要）。1907 年に上記の協会を創立し、紀要を創刊。国際的に、この分野の重要な貢献をしている。メルヘン関係の主要なものを記すと、FFC 13（Antti Aarne: Leitfaden der vergleichenden Märchenforschung, 1913）; FFC 36（Johannes Bolte: Name und Merkmale des Märchens, 1920）; FFC 74（A.Aarne u.S. Thompson: The Types of the Folktale. A classification and bibliography, 1928, 1962^2=FFC 184）; FFC 95（Hans Honti: Volksmärchen und Heldensage, 1931）; FFC 106-109（Stith Thompson: Motif-Index of Folk Literature etc. $1955\text{-}58^2$）; FFC 150（Jan de Vries: Betrachtungen zum

Märchen, besonders in seinem Verhältnis zu Heldensage und Mythos, 1954）.

［お］

黄金の毛が三本ある鬼（The Giant with the Three Golden Hairs; Der Teufel mit den drei goldenen Haaren, KHM 29）幸運の星をもって生まれた少年が、王女と結婚することになりました。王様は怒って、悪魔の金の髪を三本持ってきたら許してやると言いました。悪魔は地獄の入り口に住んでいました。少年は目的の物を手に入れて、めでたくお姫さまと結婚することができたのですが、その前にさんざん意地悪をした王様は罰を受けて、三途の川の渡し守にならねばなりませんでした。

王様と二人の子供（The Two King's Children; De beiden Künigeskinner, KHM 113）これは王子と王女の話です。王子のほうは16歳になると亡くなる、という運命にありました。その年に狩猟に出たとき、王子は森の中で大男に出会いました。大男、それは別の国の王様なのですが、王子をお城に連れて行って、食事のあとに言いました。私には娘（王女）が三人いる。今夜は寝ずに長女の番をしなさい、と。次女、三女についても同じテストが行われ、どれも合格しました。王子と三女はお互いが気に入ったのですが、王様は二人の結婚をなかなか許さず、いろいろな難題を王子に対して出します。森の木を全部切り倒して薪を作りなさいとか、沼を掃除して底を鏡のようにピカピカにしなさいとか、山の上に御殿を建てなさいとか。三女はそのつどアル

ヴェッガース（Arweggers）という小人たちを呼び出して王子を助けました。そして、やっと二人は結婚することができました。Arwegger（earwigga=ラテン語vermis auricularis, 英語earwig, 耳のような形をした虫）、エッダに出る小人名Aurvagur, arvakur 'der früherwachende' 早朝に目を覚ます者。以上グリム原注。レレケ（Heinz Rölleke）はArwegger=Arbeiter「労働者」としている。

オオカミとキツネ（The Wolf and the Fox; Der Wolf und der Fuchs, KHM 73）オオカミがキツネを家来にしていました。キツネは逃げたいと思っているのですが、一番弱い動物なので、どうすることもできません。何か食うものを持ってこい、でなければ、お前を食ってしまうぞ、と言われるたびに、キツネは食料を調達せねばなりません。ある日、二匹は農夫の地下室に忍び込み、肉をたらふく食べました。農夫が駆けつけたとき、キツネは穴から逃げ出せましたが、オオカミは食べ過ぎて穴から逃げ出せず、殴り殺されてしまいました。

オオカミと7匹の子ヤギ（The Wolf and the Seven Little Goats; Der Wolf und die sieben jungen Geisslein, KHM5）お母さんが買い物に出かけねばなりません。7匹の子ヤギに、オオカミに気をつけるんですよ、声と足がお母さんと同じでなければ、ドアを開けてはいけませんよ、とよく言い聞かせて、出かけました。オオカミが来て、一度目は声で失敗し、二度目は足で失敗しましたが、三度目に、おかあさんそっくりの声で、そして足が見えましたので、ドア

を開けてしまいました。オオカミは6匹をたちまち食べて
しまいましたが、7番目の子ヤギだけは時計の中に隠れて、
無事でした。さて、6匹の子ヤギの運命はいかに。

オオカミと人間（The Wolf and the Man; Der Wolf und
der Mensch, KHM 72）キツネが、オオカミに、人間がい
かに強いかを語りました。おれも人間というやつに会って
みたいな、とオオカミが言いました。あそこに来る猟師が
一人前の人間さ、とキツネがオオカミに言いました。あい
つが人間か、とオオカミが猟師に跳びかかると、猟師は弾
を2発撃ちこみ、さらに山刀で切りつけましたので、オオ
カミは血だらけになって逃げて行きました。

オオカミ人間（werewolf; Werwolf, DM 915）昼間は人
間の姿をしているが、夜になると、オオカミに変身する。
あるいは毎年、特定の日に変身する。DS 214（Werwolf）
では男がズボンのバンドをはずすとオオカミになり、牧
場にいた子馬を食べてしまった。そして、バンドをしめ
ると、もとの人間になった。1610年、ベルギーのリェー
ジュで二人の魔法使いが処刑された。オオカミ人間に変
身して子供を殺したからである。オオカミ人間はヘロド
トスやプリニウスの時代からギリシア語でlukántrōpos
（luk-「オオカミ」＋ ánthrōpos「人間」）として知られ、
フランス語でloup-garouという。英語やドイツ語werの
語源はラテン語のvir「男」にあたる。

オオカミ人間の石（Werewolf Rock; Der Werwolfstein,
DS 215）マグデブルク Magdeburgの村エッゲンシュテッ

46

トEggenstedtの近くに、共同牧草地ゼーハウゼンSeehausenの方向にオオカミの石（Wolfstein）あるいはオオカミ人間の石（Werwolfstein）と呼ばれる大きな石がある。身元不明の老人がブランツレーバー（Brandsleber）の森に住んでいた。村人の雑用、特にヒツジの番をしてくれるので、重宝がられていた。あるとき、メレ（Melle）という名の羊飼いの手伝いをしていると、ヒツジの群れの中に、ぶちのかわいい子ヒツジが迷い込んだ。老人は主人のメレに、ぜひそれをくださいと頼んだが、聞き入れられなかった。羊毛刈りが済んだあと、老人は小ヒツジとともに姿を消した。老人の行方は長い間不明だったが、ある日、突然、メレの前に姿をあらわし、こんにちは、と知らん顔で挨拶した。子ヒツジも一緒だった。なぜだ、とメレは怒り、老人に打ちかかった。老人はオオカミに変身した。しかし、メレのイヌどもが大勢でオオカミにつかみかかったので、オオカミは八つ裂きにされ、命を落とした。老人が倒れた岩はオオカミ人間の石と呼ばれ、今日も残っている。

黄金の鍵（The Golden Key; Der goldene Schlüssel, KHM 200）男の子が寒い冬の日に、森へ薪を拾いに行きました。あまり寒いので、たき火をして暖まろうとしました。雪の下を掻いていると、小さな黄金の鍵が見つかりました。鍵があるからには、錠もあるにちがいない。さらに探しますと、案の定、小さな箱があり、その錠に鍵を差し込むと、パチッ、音がして、合うではありませんか！　グリムの200童話をしめくくる素敵なお話ですが、みなさん、中には、いっ

たい、何が入っているのでしょう。宝物、お話、幸福、健康、祝福…でも、よいものばかりとはかぎりませんね。

黄金の子供（The Gold Children; Die Goldkinder, KHM 85）貧しい男が金の魚を釣り上げました。この魚は人間の言葉を知っていて、こう言いました。「私を六つに切って、二切れを奥さんに与えなさい。二切れを二頭の馬に与えなさい、そして二切れを庭に植えなさい」。男がその通りにすると、妻は双子の黄金の息子を生みました。そして馬は黄金の子馬を二頭生みました。庭には黄金のユリの花が二輪咲きました。息子たちが成長したとき、二人は、それぞれ黄金の馬車に乗り、冒険に出て、大成功を収めました。

王の墓（The Royal Grave; Des Königs Grab, DS 373）西ゴート族はイタリアを通ってアフリカに渡るつもりだった。しかし、途中で、彼らの王アラリク（Alarik, すべての王の意味）が突然死んでしまった。敬愛していた王を埋葬するために、兵士たちはコンセンティーナ（Consentina）の町の近くを流れるバレント川（Barento）の流れをずらして、川床を作り、その中に大勢の捕虜に墓を掘らせた。そしてその中に王とその貴重な品の数々を一緒に埋葬し、そのあとで、川の流れをもとに戻した。すべてが終了すると王の墓の場所が誰にも知れないように、墓を掘った全員を殺した。［注］Alarik（370-410）410年ローマ占領。

オーディン（Odin; DM 109-120）北欧神話の最高神で、ギリシア神話のゼウス、ローマ神話のユピテルにあたる。OdinはWuotan, Wōdanと同じで、北欧語（ノルド語）で

は語頭のwがo, uの前で脱落するためである（word→ord, ゴート語wulfsオオカミ→ulfr）。オーディンは万物の父（all-father）、勇士の父（father of heroes, valfaðir）、軍隊の父（army-father, her-faðir）と呼ばれた。彼は、また詩術の父（poetry-father, skáldfaðir）であり、ルーン文字の発明者であった。デンマークの歴史家サクソ・グラマティクス（Saxo Grammaticus）がラテン語で書いた『デンマーク人の事蹟』（Gesta Danorum, c.1201）にOthinus omnipotens（全能の神のオーディン）と記されている。オーディンはユグドラシル（Yggdrasil, オーディンの馬の意味）と呼ばれる樹木（宇宙樹, world-tree）の頂上から9つの世界を眺めている。彼は博識であるが、さらに知識を得たいと望んで、片目をみずからくり抜いてミーミル（Mimir, 巨人の名）の泉に差し出し、その水を一杯飲むと、全知全能になった。大地の巨人女ヨルド（Jörð=Earth）との間に息子トール（Thor, 雷の神）を生み、正妻フリッグ（Frigg, 結婚の女神, Fridayの語源）との間に息子バルドル（Baldr）とホドル（Höðr）がある。アンデルセンの故郷オーデンセ（Odense）はオーディンの神殿（Óðins vé）の意味。キリスト教徒は、のろいの言葉として「オーディンのところへ行け」Far þú til Óðins! とか「オーディンにつかまえられろ」Óðinn eigi þik! と言った。ロシアでは「悪魔にさらわれろ」Chёrt voz'mí!［チョールト・ヴァジミー］と言う。

オケルロ（The Okerlo; Der Okerlo, 付録No.11）人食い鬼のことで、イタリア語huorco, フランス語ogreにあた

る。ある国のお姫さまが金のゆりかごに乗せられて、海をただよっているうちに、人食い鬼の国に流れ着きました。人食いの母は、自分の息子のお嫁さんにしようと、夫のオケルロに見つからないように、隠していましたが、恋人の王子様と一緒に逃げられてしまいました。

　［カッセルのジャネット・ハッセンプフルークから採録され、グリム童話初版（1812, Nr.70）に収められたが、マダム・ドルノワMadame d'Aulnoyの「オレンジの木とミツバチ」L'oranger et l'abeille に類似しているため、第2版（1819）以後は収められなかった］

お月さま（The Moon; Der Mond, KHM 175）むかし、お月さまのない国がありました。神様が世界を作るとき、夜の明かりが少し足りなかったのです。そこでは、夜の間中、まっくらです。この国の職人が四人で旅をしているとき、夜、カシワの木の上に光を出す球を見つけました。それはやわらかい光を流れるように出していました。通りかかったお百姓に、あれはどういうあかりですか、と尋ねますと「あれはお月さまですよ」という答えでした。「村長さんが3ターレルで買ってきて、カシの木に吊るしたのです。村長さんは、いつも明るく燃えるように、毎日、油を注ぐのです。私たちは毎週1ターレル払っています」。

　職人たちは、すっかり感心して、一人が言いました。「これをおれたちの国で照らしたら、夜も歩けるぞ」。二人目が言いました。「馬車と馬を調達して、このお月さまを頂戴して行こう。この村の人は、また買えばいいじゃない

か」。三人目が言いました。「おれは木登りが得意だから、木に登ってお月さまを取りはずして、下におろそう」。四人目が馬車と馬を調達しました。四人は協力してお月さまを綱で下におろし、馬車に載せて、見つからないように、大きな布をかぶせました。そして、祖国に持ち帰り、大きなカシの木に吊るしました。新しいランプが野原と家々を照らしたとき、村人はどんなに喜んだことでしょう。老人も若者も、小人までも、ほら穴から出てきて、明かりを喜びました。

　四人はお月さまに油を注ぎ、ランプの芯を掃除し、村人から1ターレルを集金しました。四人が年取って、死が近いことを悟りました。各人は、死んだとき、お月さまの四分の一を遺産としてお墓に持ち込むことに決めました。

　一人が死んだとき、村長が木に登り、お月さまの四分の一をハサミで切り取り、棺の中に入れました。お月さまの明かりは、前よりは小さくなりましたが、それでもまだ十分に明るかったのです。二人目が死ぬと、また四分の一が減りました。こうして三人目が死に、四人目が死ぬと、昔のように、夜はまっくらになりました。

　しかし今度は逆に、地下の世界では、お月さまの四つの部分が一緒になって、すっかり明るく照らしましたので、今まで眠っていた死人たちが目をさまして起き上がりました。そして昔のような生活を始め、賭博をしたり、ダンスをしたり、酒場で喧嘩を始めたり、騒音は天まで届いたから大変です。天国の門番をしていた聖ペテロが「けしから

51

ん」と怒って、馬にまたがり、下界に降りて行って、死人どもに「お墓に戻れ」と命じました。そして、お月さまを天に持ち帰り、そこに吊るしました。

踊ってすりきれた靴（The Danced-Out Shoes; Die zer-tanzten Schuhe, KHM 133）王様に12人のお姫さまがいました。どれも甲乙つけがたい美人でした。ところが、このお姫さまたちは、毎晩どこで踊るのか、朝になると、誰の靴もボロボロになっているのです。王様は寝る前に必ず寝室のドアに鍵をかけておくのですが、なぜなのでしょう。そこで、王様はおふれを出しました。「姫たちの踊りの現場を発見した者には姫を妻に与える。しかし、三晩たっても見つからない場合には死刑にする」と。もう何人もの王子が命を落としました。そこに、戦争が終わって職を失った兵士が挑戦しました。一番年長の姫が、おやすみの前にどうぞ、とワインを持ってきましたので、ありがとうと言って受け取りましたが、飲まずに、捨ててしまいました。そして寝入ったふりをしていますと、姫たちは、ベッドの下に抜け道を作っていたのです。その道を、気づかれぬように、あとをつけて行きますと、金や銀の鈴が鳴っている林がありました。兵士は証拠にその鈴を一つ、二つともぎ取り、さらにあとをつけて行きますと、湖があり、姫たちは船で渡ると、お城の中で12人の王子たちが待っていました。そこで、姫たちは靴がボロボロになるまで、毎晩踊っていたのです。見事に秘密を明かした兵士は、王様から、お前の好きな姫を選びなさいと言われました。私は

52

もう若くはありませんので、一番上のお姫さまを下さいと答えました。[ヒント]お姫さまから渡されたワインは眠り薬が入っていると察知して、兵士はあごの下につけた海綿に吸わせたので、騙されずに済み、尾行することができた。

乙女イルゼ（Maiden Ilse; Jungfrau Ilse, DS 317）ハルツ山地にイルゼンシュタイン（Ilsenstein, イルゼの石）という巨大な岩山がある。その岩山はブロッケン山のふもとのイルゼンブルク（Ilsenburg, イルゼの城）の近く、ヴェルニゲローデ（Wernigerode）伯爵領の北側にあり、イルゼ川の流れを浴びている。向かい側に似たような岩山があり、地震のために地盤が割れて出来たらしい。

　ノアの洪水の際に、二人の恋人がブロッケン山に逃げてきた。押し寄せる洪水の中を泳いで岩山の上に立ったとき岩が二つに割れて、ブロッケンに向かって左側に乙女が、右側に青年が立った。二人は抱き合って洪水の中に飛びこんだ。乙女の名はイルゼといった。いまでもイルゼは毎朝イルゼの岩（Ilsenstein）を開けて、イルゼ川で水浴びをする。彼女を見ることができるのは、ごくわずかの人である。彼女を見た人は、彼女をほめる。

　ある朝、炭焼き人が彼女を見かけたので、親しげに挨拶すると、彼女が手招きするので、ついて行くと、彼女は岩の前で、彼のリュックサックを取って中に入って行った。そして、中を一杯に満たして、戻ってきた。小屋に帰るまで開けてはいけませんよ、と彼女は言って、消えてしまった。炭焼きは、あまり重いので、イルゼ橋まで来たとき、

53

我慢ができず、開けてしまった。すると、中はドングリやモミの実ばかりだった。なんだ、とがっかりして、川の中に捨ててしまった。だが、イルゼの岩の上に落ちると、チャリンと音がして、それが金だと分かった。まだ隅に残っていたものを持ち帰ったが、それだけでも、生活が十分に豊かになった。

　別の伝説によると、イルゼンシュタインに昔ハルツ王のお城があって、イルゼという美しい姫がいた。近くに魔女がいて、その娘は、この上なく、みにくかった。イルゼには求婚者がたくさん訪れたが、魔女の娘には見向きもしなかった。魔女は怒って、お城を岩に変えてしまった。岩のふもとに姫にしか見えないドアを作った。このドアから魔法をかけられたイルゼが毎朝出てきて、川の中で水浴びをする。彼女の水浴び姿を見ることができた人は、お城の中に案内されて、ご馳走と贈り物が与えられる。しかし、イルゼの水浴びを見ることができるのは、一年のうちの、ほんの数日だ。彼女と一緒に水浴びをできる人があらわれれば、彼女の魔法は解けるのだが、そんな男は彼女と同じくらいに美しく、徳をそなえていなければならない。

　［注］der Harz（＜Hart山林）はドイツ中央部にニーダーザクセン州とザクセン・アンハルト州にまたがる山地で、その最高峰はブロッケン山（Brocken, 1,140メートル）。

親不孝な息子（The Undutiful Son; Der undankbare Sohn, KHM 145）ある男が妻と一緒に丸焼きのニワトリを食べようとしていました。そこへ男の老父が来たので、ニワト

リを隠そうとしました。父が去ったので、ニワトリを取り出そうとすると、それはいつの間にか、ヒキガエルになっていました。そして息子の顔にピョンと飛びついて、そのままくっついて、一生の間、離れませんでした。

　［注］男が聖地パレスチナへ巡礼に行ったあと、やっとヒキガエルが離れたそうです。

オンドリの闘い（The Cockfight; Der Hahnenkampf, DS 443）あるとき、カール大帝がケンプテン（Kempten）の城にいる妻のヒルデガルド（Hildegard）のところに来た。食卓で夫妻が先祖について話し合っているとき、三人の息子ピピン、カール、ルートヴィヒ（Pipin, Karl, Ludwig）がそばに立っていた。ピピンが言った。「お母様、お父上が天国に召されたら、ぼくが王様になるの?」カールが父のほうを向いて言った。「お父さま、ピピンではなくて、ぼくだよ、王国を継ぐのは」。一番若いルートヴィヒは両親に頼んだ。「ぼくを王様にしてください」。子供たちが争っているので、女王は言った。「お前たちの喧嘩は、すぐに決着をつけてあげましょう。村に下りて行って、オンドリを一羽ずつお百姓さんから貰ってきなさい」。息子たちは、先生と、ほかの生徒たちと一緒にお城を下りて、オンドリを貰ってきた。母親のヒルデガルトが言った。「さあ、オンドリ三羽を闘わせなさい。勝ったオンドリの持ち主が王様になるのです」。オンドリは闘った。そしてルートヴィヒのオンドリが他の二羽を制圧した。父の死後、ルートヴィヒが覇権を握った。

［か］

カールがハンガリーから帰国（Charlemagne's Return from Hungary; Karls Heimkehr aus Ungarland, DS 444）

カール王が異教徒を改宗させるためにハンガリーとワラキア（ルーマニア）へ向けて出発するとき、10年後に帰ると妻に約束した。「もしそれまでに帰らなかったら、死んだものと思ってくれ。しかし、私の金の指輪を使者に持たせる。彼の伝えることは真実だと思ってくれ」と。王は9年も留守にしていた。そのころ、ライン河畔のアーヘンに略奪と火災がいたるところに起こった。領主たちは困り果てて、女王のところに来て、国を守ってくれるような方と再婚してください」と懇願した。女王は答えた。「カール王に対して、どうしてそんな罪深いことができましょう」。しかし領主たちは、このままでは、国は滅びてしまいますと言って譲歩しないので、ついに女王は承諾させられてしまった。そして、三日後に、裕福な王と結婚することになった。神はこれを阻止するために、天使を遣わした。

　アーヘンでの異変を聞いて、カールは「どうして三日で帰れるでしょう。100日の行程（hundred halts, hundert Raste）の距離があるのです。アーヘンまではさらに15日の行程です」。天使は答えた。「神に不可能なことはありません。あなたの書記から彼の馬を買いなさい。早朝に出発すればラープ（Raab, ハンガリーの町）まで行けます。二日目の朝出発してドナウ川を行けば、パッサウに着きます。そこで買う子馬に乗れば三日目にあなたの

56

国に着くことができます」。カールは期限の日に無事に帰国することができた。王は、妻の意志に反して、この事態になったので、妻もその相手も許した。[注] カールはハンガリーでアワール族（Avars, Awaren）を征伐した。

外国人、異郷人（foreigner; der Fremde, DR 1,546）身分の四つの区分（王、貴族、自由人、召使い, dominant, noble, free, servants; herrschende, edle, freie, knechte）の外にある者。ギリシア語bárbaros（外国人）, barbaróphōnos（外国語を話す者）にあたる。ドイツ語fremdはfram（ラテン語exterus 外の, cf.interus 中の）の派生語。彼らはAusmärker（国境の外にある者、共同体の外にある者）で、共同体の保護を受けない。窃盗、殺人など罪を犯した者は国外追放（ali-lanti, eli-lanti 追放）され、みじめな境遇になることから形容詞elend（みじめな）が生じた。elendの前半ali-はラテン語alius（他の）で、地名アルザス Alsace, Elsass＜ali-satia（他の国にすわる者）の中に見られる。

怪鳥グライフ（The Old Griffin; Der Vogel Greif, KHM 165）病弱のお姫さまがいました。リンゴに似た、ある木の実を食べると健康になるという予言がありましたので、王様は、その果物を見つけた者には姫を与えると約束しました。あるお百姓に三人の息子がいました。長男と次男は失敗しましたが、末っ子はうまく行きました。お城に着く前に小人に出会ったのですが、そのカゴの中に何が入っているか尋ねられたときに、お姫さまが食べると元気になるリンゴだよ、と答えたのです。すると、実際に、お姫さまは、すっかり元気になったのです。

ところが、王様は、いざ姫を与えるとなると、惜しくなって、いろいろの難題を追加しました。海の上も陸の上も走れる船を作れ、とか、ウサギ100匹の番をしろ、とか、怪鳥グライフの羽を一枚持ってこい、など。しかし、神様のお加護で、課題をすべて果たし、お姫さまと結婚することができました。

［注］英Griffin, ドイツGreif, フランスgriffonは東洋伝来の四足の怪鳥で、頭と上半身がワシ、下半身がライオン。ギリシア語のgryps（グリュプス）からきている。

カエルの王様（The Frog Prince; Der Froschkönig und der eiserne Heinrich, KHM 1）カエルの分際で、お姫様のベッドで一緒に寝かせてくださいなんて、ずうずうしいにもほどがある、とお姫様はカンカン。そこで、えいっと、カエルを壁に叩きつけてしまいました。そのとたん、カエルは美しい王子様に変身しました。魔女の呪いが解けたのです。ドイツ語の題「カエルの王様と鉄のハインリッヒ」のハインリッヒは王子の忠実な家来の名前です。

格言と祝福（proverbs and blessing; Sprüche und Segen, DM 1023）薬草や宝石よりも効力があるのは言葉（word; Wort）である。それは祝福と呪いだ。牧師、医者、魔法使いの言葉は詩（poetry; Poesie）と関連している。ギリシア語では祝福のことをeulogía（よく言うこと）といい、呪い（curse; Fluch）をkakología（わるく言うこと）という。デンマークのことわざに「よい言葉、親切な言葉は黄金よりもよい」Good words are better than goldとあり、ノルウェーのことわざに「魚は餌で釣り、人は美しい言葉

で釣る」One catches fish with a bait, and people with beautiful words という。祝福は十字の印（ラテン語 signum）を切って祝福することである。

鍛冶屋（smith, Schmied）中世の重要な職業で、姓に好んで用いられる。Smith, Schmidt, フランス人Faure, Fabre（＜ラテン語faber）, ロシア人Kuznecov, ハンガリー人Kovács, フィンランド人Seppänen など。ラ faber は職人、創造者、詩人であった。J.Grimm『ドイツ神話学』（749）に faber＝ギリシア語poiētês（詩人）とある。p.109.

鍛冶屋のヴィーラント（Wayland the Smith; Wieland der Schmied, DM 312）ゲルマン神話に登場する有名な鍛冶屋。エッダではVölundr（ヴォルンド）, 古代英詩ではWēland（ウェーランド）, フランスではGalant（ギャラン）という。ギリシア神話のイカロスのように、翼を作り空中を飛ぶ。

賢い百姓娘（The Peasant's Wise Daughter; Die kluge Bauerntochter, KHM 94）百姓の娘がお妃になった話です。王様が、この謎を解くことができたら妻にする、と百姓娘に言いました。「着物を着ないで、しかし裸でなく、馬に乗らず、車にも乗らず、道を通らず、道の外に出ずに、私のところに来なさい」。そこで娘は着物を脱いで、魚とりの網にくるまり、ロバの尾に結び付け、車をつけた輪の中を通り、王様の前に着きました。王様は娘の知恵に感心して、約束通り、結婚しました。その後、彼女はソロモンの知恵のような名裁判もしました。

［注］ノルウェー民話にも類話あり。

ガチョウ番の娘（The Goose Girl; Die Gänsemagd, KHM 89）王妃に美しい一人娘がいました。王様はずっと以前に亡くなっていました。王妃が王女に抱いていた期待は想像できるでしょう。王女は、遠く離れた国の王子と結婚することになりました。王妃は花嫁の持参金として十分な金銀財宝と、ファラダ（Falada）という馬と、侍女をつけて旅立たせました。ところが、この侍女は悪女で、途中で王女の衣装と馬を奪い、自分が王女に成りすまして王子の国に乗り込みました。自分は王女と名乗り、王女はガチョウ番の女中にさせられました。馬のファラダは人間の言葉を理解し人間の心を持っていたので、侍女のために殺されました。王子はにせ者の花嫁に気づきませんでしたが、王様がガチョウ番の気品と容姿を不思議に思ったことから侍女の陰謀が発覚し、王子は正しい王女と結婚しました。にせ者は釘を打ちつけた樽に入れられて八つ裂きにされました。

金田鬼一（かねだ・きいち, 1886-1963）『グリム童話集』岩波文庫、全5巻翻訳。東大独文科卒、学習院高等科教授。

かぶら（The Turnip; Die Rübe, KHM 146）兄は兵隊で金持ち、弟は貧乏な百姓でした。弟は小さな畑にかぶらのタネをまきました。かぶらは荷車一台分ほどの大きさになりました。めずらしいので、王様に献上しました。王様は感心して、金貨と畑と牧場と牛と羊をくださいました。これを知ると、兄は羨ましがって、金貨と馬を王様に献上しました。弟よりも、たくさんのご褒美にあずかると思った

のです。ところが、王様は、お返しには、大かぶらが一番の似合いだと思いました。そこで兄は弟のかぶらを持ち帰る羽目になりました。（中世ラテン詩の翻訳）

神（God; Gott, DM 11）ドイツ語Gottや古代英語god, 古代ノルド語goðは中性名詞。ゴート語guþは男性名詞だが、語尾の-sがない。語根の意味はまだ明らかになっていないとJ.Grimmは述べているが、サンスクリット語*hū-「祈る」ゲルマン祖語*guðá-mは「祈られる者」の意味で、中性名詞である。ゲルマン民族にとって神は男性でも女性でもなく、超自然的な存在で、中性名詞であった。男性名詞になったのは、ラテン語deus, ギリシア語theósの影響である。神をあらわすサンスクリット語puru-hūtá-「大いに祈られる者」、ラテン語deus「輝く者」、ギリシア語theós「祭られる者」、スラヴ語bog「（惜しみなく）分かち与える者」の意味で、印欧語民族は、それぞれ、神をこのように表象した。神は「万物の創造者であり支配者」（ラテン語creator regnatorque omnium deus）であった。

神々（Gods; Götter, DM 81）北欧神話では異教の神に二種族あり、アサ神族（Aesir）、ヴァナ神族（Vanir）という。両者は勢力を争っていたが、オーディン、トール、フリッグ（Odin, Thor, Frigg）の属するアサ神族が勝利、ニョルド、フレイ、フレイヤを含むヴァナ神族を吸収し、宇宙を支配することになった。Aesirの単数はássで、地名Oslo「神の森」、人名Oswald「神の権力を持つ者」、Osborne「神から生まれた者」の語源である。「神から生まれた者」は

61

ケルト語Dēvo-gnāta-, ギリシア語Dio-génēsにも見える。

フランスの神話学者デュメジル（Georges Dumézil, 1898-1986）は印欧神話の構造に新しい解釈を試み、神の世界に①司祭、②戦士、③生産者の三段階を設定した。ゲルマン神界（Götterwelt）にも印欧語民族の宗教が見られ、北欧神話においては①オーディン（主神）、②トール（雷神）、③フレイヤ（豊穣の女神）が該当する。Les dieux des Indo-Européens. Paris, Presses Univ. de France, 1952.

神々と人間の関係（Relations of Gods; Götterverhältnisse, DM 263）神々は天上に住み、地上の人間を見守り、導く。人間は地上に住み、天上を憧れる。神々は人間と同じような姿をし、言葉をしゃべり、仕事を行ない、悲しみや悩みを抱く。恋愛をし、子供ももうむ。違う点は、彼らが不死で永遠である（immortal and eternal; unsterblich und ewig）ことである。『イーリアス』に神々は不死であり、永遠である（theoì athánatoi, aién, athánatos Zeús）とある。人間が死すべき者（homo mortalis）であるのに対して神々は不死（ámbrotoi, immortales）である。人間は地上の作物を食べて生きる。神々はネクター（nectar）を飲み、アンブロシア（ambrosia, 原義は不死のもの）を食べる。北欧神話のオーディンは食事をせず、ワインを飲むだけである（vín er honum bæði drykkr ok matr 'wine is to him both drink and food'）。ギリシアの神々は不死と歌われているが、北欧の神々は死と滅亡が予言され、それが実現する（エッダの中の巫女の予言Völospá）。人間と同

じように、神々にも美しい神と、そうでない神がいる。ギリシアの美しい神はアポローン（Apóllōn, 太陽・詩・音楽の神）、美しい女神はアプロディーテー（Aphrodītē, 美と愛の女神，ローマのウェヌスVenus）、北欧神話の美しい神はバルドル（Baldr, 光の神）、美しい女神はフレイヤ（Freyja, 美の女神）、嫉妬深い女神はギリシアのヘーラー（Hêrā, ゼウスの妻）である。

神々の言語（The Language of Gods; Die Göttersprache, DM 275）ギリシアの100本の腕をもつ巨人を神々はブリアレオース（Briáreōs）と呼ぶが、人間はアイガイオーン（Aigaíōn, エーゲ海の語源）と呼ぶ、と『イーリアス』1,403にある。エッダの中の『アルヴィースマウル』（Alvíssmál, 全知の者の歌）にも神々の言葉と人間の言葉で異なるものが伝えられている。神語では「ビール」をbjórrというが、人間語ではöl, 英語ale, リトアニア語alùs, フィンランド語olutという。神語の「ワイン」vínは人間語では「蜜酒」mjöðr, 英語mead, ドイツ語Met, サンスクリット語mádhu, ギリシア語méthu, ロシア語mëd［ミョト］という。神語の「雨の希望」skúrvánを人間語では「雲」skýという。神語の「大地」foldは人間語で「大地」jörð, 英earthという。神語の「太陽」sunnaは人間語でsólという。

神々の食事[1]（God's Meal; Gottes Speise, KHM 205＝Kinderlegende Nr.5）姉と妹がいました。姉はお金持ちですが、子供がありません。妹は夫に死に別れ、5人の子供がいます。妹はパンを一切れ恵んでくださいと姉に

頼みましたが、姉は断りました。しばらくすると、姉の夫が帰ってきて、自分のパンを切ると、中から真っ赤な血が流れてくるではありませんか。妻は驚いて、妹が来たことを語りました。夫は義妹のところに急ぎましたが、間に合いませんでした。子供が三人、次に二人、そしてその子らの母親が天国に召されました。この世の食べ物は、もういただきたくありません、と言いながら。

　この話はハクストハウゼン家（Familie von Haxthausen, とくにAnna, 1800-1877）から伝えられたもので、この家族はKHM 1, 6, 16, 21, 24, 27など多くを提供した。

神々の食事[2]（Food from God; Gottes Speise, DS 362）ザクセン地方の西南部の丘陵地帯のツヴィカウ（Zwickau）から遠くないところに、次のことが起こった。両親が牛を牧場に連れて行って草を食べさせるように息子に言いつけた。息子は帰りが遅くなり、夜になってしまった。あいにくその夜、雪が降って山々を覆ってしまった。息子は森から出られなくなり、翌日も帰宅しなかったので、両親は非常に心配したが、両親のほうでも、深い雪のために、森に入ることが出来ずにいた。

　三日目にやっと雪が少しとけたので、息子を探しに出かけた。そして、幸いにも見つかった。息子は日のあたる丘にいて、そこには雪が少しもなかった。息子は両親を見つけて笑いかけた。拍子抜けした両親は、なぜ家に帰らなかったのか尋ねると「夕方になるまで待とうとしたんだよ、もう一日が過ぎたなんて知らなかったよ」と、あっけらか

んとしている。何か食べたの、と尋ねると、知らない男の人が来て、チーズとパンをくれたんだ、との返事。息子はきっと、神様の天使が食事を運んできてくれて、救ってくださったのだ。（ルターのテーブル談話）

神々の黄昏（Gods' Twilight; Götterdämmerung, DM 679）→ラグナロク（Ragnarok）p.197

神の形容語（epithets of God; epitheta Gottes, DM 17）愛すべき、最愛の、慈悲深い、偉大な、善良な、全能の神、善なる神様、豊かな神（der liebe, liebste, gnädige, grosse, gute, allmächtige Gott, Herr Gott der Gute, der reiche Gott), 古代英語wealdend god（支配者なる神）, scippend（creator 創造者）, 古代高地ドイツ語scefo(創造者, -oは古い行為者名詞), 古代ノルド語alföðr（万物の父）, herfaðir（軍隊の父）, valfaðir（英雄たちの父）。ラテン語deus omnipotens（全能の神）など。叙事詩の定型句（epische Formel）ともいう。キリスト教以前のギリシア人はZeùs patêr（父なるゼウス）、Dēmêtēr（大地なる母）と言った。

神への奉仕（Divine Service; Gottesdienst, DM 24）神への崇拝は祈り（prayer; Gebet）といけにえ（供物, offering; Opfer）で示される。祈るは天空を眺める、身体をまげる、手を合わせる、ひざを曲げる、などによって表す。人間のいけにえ（human sacrifice; Menschenopfer）は大きな災い、重大な罪が犯された場合に、動物のいけにえ（animal sacrifice; Tieropfer）は感謝の表明に行われた。動物の中では馬や牛が多く、馬（サンスクリット語áśvas, ギリシア

語hippos, ラテン語equus）は印欧語民族にとって最も重要な動物であった。人名フィリップは「馬を愛する者」の意味である（Philippos＜phil-愛ippos馬）。

カモシカ猟師（The Chamois Hunter; Der Gemsjäger, DS 302）カモシカ狩りの猟師が岩山の頂上に来ると、醜い小人があらわれて、怒って言った。「お前はずいぶん長い間、私のカモシカを無断で殺してきたな。今日こそ、お前の血をもって償え」。猟師は、カモシカがあなたのものとは知りませんでした。どうぞ、お許しください、と平身低頭して謝った。「もう絶対にこの山に来るな。その代り、毎週日曜日の朝、屠殺したカモシカを1頭お前の小屋に届けてやる」と小人は言った。約束は守られ、毎週、ご馳走が届けられた。しかし、数か月がたつと、怠惰な生活が猟師の血を許さなかった。猟師はふたたび禁じられた山を登り、獲物を見つけると、銃を構え撃とうとした。その瞬間、小人が背後からあらわれ、猟師は足を滑らせて、墜落し、命を落とした。［注］ドイツ語Gemse, f. カモシカ。印欧語以前の古いアルプス用語。ラテン語camox, イタリア語camozza, フランス語chamois（Paulの辞典）.

ガラス瓶の中の精（The Spirit in the Bottle; Der Geist im Glas, KHM 99）貧しい木こりが、お金をためて一人息子を上級学校へ行かせましたが、お金が続かず、学業を中断して帰ってきました。「お父さん、お手伝いするから、お隣から斧を借りてきてよ」。お前に何ができる、と父親は思いましたが、二人で森へ出かけました。見ると、小さ

66

なガラス瓶の中で誰かが助けを呼んでいます。罰せられて閉じ込められた悪い精でした。息子が栓を抜いて助け出すと、お礼に一枚の布切れをくれました。片方の端で拭くと、どんな傷も治すことができ、もう片方の端で拭くと、その品物を銀に変えることができるのです。お隣から借りた斧を銀に変えて売り払い、300ターレルにもなりました。またどんな傷も治せたので、世界一の名医になりました。

ガラスのひつぎ（The Glass Coffin; Der gläserne Sarg, KHM 163）しがない仕立屋がお姫さまを救い出して結婚するなどということもあるものです。伯爵の兄妹が仲よく暮らしていました。ある日、見知らぬ客があり、兄妹は、いつものように歓待しました。ところが、客は妹に結婚を迫り、拒否すると、妹をガラスの棺（ひつぎ）の中に閉じ込めてしまいました。その上、兄を牡鹿に姿を変えてしまいました。仕立屋は、偶然、この家に一夜の宿を乞うたのですが、思いがけず、この兄妹を救うことになったのです。

［き］

擬人化（personification; Personifikation, DM 733）動物、植物、食器、季節、愛などが擬人化（人格化）され、人間と同じように、話したり行動したりする。大地（earth, ドイツ語Erde, ラテン語terra, ギリシア語gê, すべて女性）は天空（heaven, ドHimmel, ラcaelus, ギouranós, ラは中性caelumが普通）の花嫁となり、子孫を産む。大地は万物の母である。KHM 23『ネズミと小鳥とソーセージ』においては、この三者が共同生活をす

る。キルケゴールの『野に咲く百合と空飛ぶ鳥』（1844）
においては、鳥（男性）が百合（女性）を誘惑する。

キツネと馬（The Fox and the Horse; Der Fuchs und das
Pferd, KHM 132）馬が年取って働けなくなったので、お
百姓がクビにしようとしましが、主人は言いました。「長
年仕えたのだから、一つだけ条件を出そう。もしお前がオ
オカミを引っぱってくることができたら、まだ食わせてあ
げよう」。馬は知恵者のキツネに相談しました。「よし、こ
こで倒れて死んだふりをしていなさい」。キツネはオオカ
ミのところへ行って「馬が死んでいるよ」と伝えました。
オオカミが馬のところへ来ると、キツネがオオカミに言い
ました。「馬の尻尾を君の尻尾に結わえるから、引きずっ
て家に持ち帰って、ゆっくり食べなよ」。今度は馬に向
かって、「さあ全速力で走れ！」と叫びました。こうして
馬はオオカミをお百姓のところまで引っぱって帰りました。

キツネとガチョウ（The Fox and the Geese; Der Fuchs
und die Gänse, KHM 86）キツネが草原に来ますと、まる
まる太った、おいしそうなガチョウがたくさんいました。
「お前ら、かたっぱしから食ってやるぞ！」ガチョウたち
はびっくりして、死ぬ前に、もう一度だけ、お祈りさせて
ください、と懇願して、ガーガー始めました。2羽目も3羽
目もガーガーを始め、いつまでたっても終わりません。

キツネとネコ（The Fox and the Cat; Die Fuchs und die
Katze, KHM 75）ネコが森の中でキツネに会いました。キ
ツネさん、このせち辛いときに、ご機嫌はいかがですか、

68

とネコが挨拶しました。すると、キツネが軽蔑して言うに
は、腹すかしのネズミ捕り野郎、おれなんざ、生活の知恵
が百も詰まった袋を持っている、いつもご機嫌さ、だと。
そこに猟犬を連れた猟師がやって来て、ネコは素早く木に
登って無事でしたが、キツネは捕まってしまいました。

キフホイザーの羊飼い（The Shepherd on Mt.Kyffhausen;
Der Hirt auf dem Kyffhäuser, DS 297）チューリンゲンの
フランケンハウゼン（Frankenhausen）にフリードリッヒ
皇帝の住む山があり、皇帝の姿が何度も見かけられた。
ある羊飼いがバグパイプ（風琴）を吹いて「よい領地法
ができましたので、フリードリッヒ皇帝様、あなたに贈り
ます」と言った。すると皇帝が姿をあらわして、「こんに
ちは、羊飼いさん、今の笛は私のために吹いたのですか」
と問うので、「フリードリッヒ皇帝のためにです」と羊飼
いが答えた。「では褒美を差し上げよう。ついてきなさい」
と言って案内した。鉄のドアが開いて、見ると、珍しい武
器、よろい、剣、銃があった。「これらの武器があれば、
イェルサレムの聖墓を手に入れることができる」と住民に
伝えなさい、と言って、皇帝は羊飼いを外へ出るところま
で案内した。羊飼いは皇帝の使っている金の手桶の片方
の脚を貰った。金細工師に見せると、それは本物だと分
かり、買い取ってくれた。

脚韻（rhyme; Reim, DR 17; Endreim）脚韻は、日本語の
「カネよりコネ」（connection works better than money）
のような場合である。これは文法の項目と思われるが、

ヤーコプ・グリムは『ドイツ法律故事誌』の中で扱っている。「名実ともに」mit Rat und Tat（助言と行為をもって、助言だけでなく、実行して）はギリシア lógōi kaì érgōi（言葉と行為をもって）にもある。Gut und Blut（財産と血、生命財産）、Weg und Steg（道と小道、いたるところに）、durch alle Felder und Wälder（すべての野と森を越えて、野越え山越え、KHM 89『ガチョウ番の娘』）

キャベツのロバ（The Donkey Cabbage; Der Krautesel, KHM 122）若い猟師が森の中で老女に出会いました。施しを乞うので、わずかのものを与えると、お礼に願いのマント（wishing mantle; Wunschmantel）と金貨の出る鳥の心臓を手に入れる方法を教えてくれました。願いのマントというのは、それを着ると自分が行きたいところへ飛んで行ける便利な飛行機です。鳥の心臓を食べると、毎朝、枕の下に金貨が一枚見つかるというのです。この二つのお宝を持って旅に出ました。ある日、途中のお城の前を通ると老女と美しい娘がこちらを見ています。この老女は魔女なのです。「ほら、カモが来たぞ」と娘をけしかけました。ご馳走をいただき、寝ている間に、猟師はマントも鳥の心臓も盗まれてしまいました。猟師は旅を続けるうちに、空腹になったので、畑で見つけたキャベツを食べると、ロバになってしまいました。別のキャベツを食べると、もとの人間に戻りました。猟師はこの二種類のキャベツを携えてふたたびお城に戻り、老女と娘に最初のキャベツを与え、ロバにして復讐を果たしましたが、母親の命令に従っただ

けの娘は後悔して謝りましたので、許してやり、彼女と結婚しました。（初版1815『長い鼻』p.149を変更）

　［注］ウクライナのジプシー民話「ダイヤモンドのタマゴを生むメンドリ」の中に、女王がリンゴを食べるとロバになり、別のリンゴを食べると人間に戻る話がある。

救世主（Heiland; Heliand, GD 449：ラテン語salvator）『ヘーリアント』。古代サクソン語（Old Saxon; Altsächsisch）の主要文献。9世紀前半、5984行の頭韻で書かれた叙事詩で、イエスの生涯と事業を描く。参考書：石川光庸訳著『古ザクセン語ヘーリアント』大学書林2002.

キュフハウゼン山の赤ひげフリードリッヒ（Frederick Barbarossa at Mt.Kyffhausen; Friedrich Rotbart auf dem Kyffhäuser, DS 23）この皇帝については多くの伝説が伝わっている。彼は（1120-1190）と記録されているが、最後の審判の日までキュフハウゼンの山に生きている。1669年、ある農夫がレープリンゲン村（Reblingen）からノルトハウゼン村（Nordhausen）に穀物を運ぶ途中、小人に山の中へ連れて行かれた。そこで穀物と引き換えに袋一杯の金を貰った。そのとき、皇帝の姿は見えたが、身動きはしなかった。また、ある羊飼いが笛を吹いていると、小人に山の中に案内されて、皇帝に尋ねられた。「まだ大ガラスが山のまわりを飛んでいるか」と。「はい」と羊飼いが答えると、「では私はもう百年眠っていなければならない」と皇帝は言った。［注］地名の-hausenは「家々のところに」という複数与格（at houses）。

境界線（The Race for the Boundary; Der Grenzlauf, DS 288）スイスのウリ州（Uri）とグラールス州（Glarus）の境界線をめぐって争いが行われていた。両者は次のような取り決めを行なった。「秋のある日の夜明けに、一番鳥が鳴くと同時に、それぞれの州の選手が岩山を登り、二人が出会った地点を境界線にする」と。ウリ州の人々はオンドリに餌と飲み物を少なくして、早く目を覚まさせようとした。逆に、グラールス州の人々はオンドリに餌をたっぷり与え、喜んで朝の挨拶をさせようとした。ウリの痩せたオンドリは早くコケコッコーを告げ、選手はアルトドルフ（Altdorf, 古い村）からシャイドエック（Scheideck, 境界のかど）を目指して走り出した。太ったオンドリは朝焼けが空を染めても、まだ眠っていた。やっと羽を伸ばして鳴いたので、グラールスの選手はリンタール（Lintal, talは谷）を出発したが、シャイドエックを見ると、相手はすでに頂上に達し、こちら側に下りてくるところだった。グラールス側は急いで急斜面を登った。そして二人が出会った地点が境界線になるわけだが、気の毒に思ったウリ側が「おれを背負って山を登れるところまで譲歩しよう」と言った。グラールスはウリを背負って登った。だが、途中で力が尽きて倒れて死んだ。こうして境界線が決定された。

教会の壺（The Cathedral Ewer; Der Kirchkrug, DS 426）クロドヴィヒ王とそのフランク族がまだ異教徒の生活を送っていて、キリスト教徒の財産を狙っていた。彼らはランス（Reims）の教会から大きな、重い、上品な壺を奪っ

た。聖レミヒ（Remig）はクロドヴィヒに使者を送り、この壺だけは返してくれと懇願した。王は使者にスエシオン（ソワソン, Suession, Soissons）までついてこいと命じた。そこには捕獲品が全部揃っている。「抽選で所有を決めよう」と王は言った。使者がその壺が敵に渡るよりは、とその壺を剣で粉砕して、言った。「王よ、これであなたは正しい抽選で割り当てられたもの以外は手に入れられませんぞ」。全員がその男の大胆不敵な行動に驚いた。王は怒りを隠して、壊れた壺を使者に引き渡した。

巨人（Giants; Riesen, DM 429）巨人族は神々と人間に対比され、ウトガルド（Útgarðr, Utgard, Outside World, Aussenwelt）に住む。そこは寒さと危険に満ちた世界である。低地ドイツ語ではケンペとかヒューネ（Kämpe野原, Hüne塚）と呼ばれる。ドイツのウェスト・ファーレン州に巨人塚（ヒューネングラープ, Hünengrab）が見られる。北欧神話では原巨人（Proto-Giant; Urriese）の名をユミル（Ymir）といい、その死体から世界が創造された。ユミルは霜の中から生まれたので、霜の巨人（frost-giant, Reifriese, 古代ノルド語hrim-þurs フリーム・スルス）といい、山に住む巨人を山の巨人（hill-giant, Bergriese, 古代ノルド語berg-risi）という。山の巨人はアスガルド（Asgard, 神々の国）の建設を約束した。

完成間近に、その謝礼として美の女神フレーヤ（Freyja）を要求したので、未完成になるように画策した。巨人は名建設師（master-builder, Baumesiter）である。ベストラ（Bestla）という巨人女からオーディン、ヴィリ、ヴェー

（Odin, Vili, Vé）の三神が生まれた。神と巨人女の結婚はほかにもある。風と海の神ニョルド（Njord, Njörðr）と巨人女スカディ（Skaði）の結婚からフレイFreyrとフレイヤFreyjaが生まれた。別種の巨人トロル（troll）はノルウェーの民話に登場する。ベルゲンの郊外にあるグリーグの博物館は「トロルの丘」Troldhaugen と呼ばれ、グリーグが作曲に専念した館である。troldはtrollの古形。

巨人のオモチャ（The Giant's Toy; Das Riesenspielzeug, DS 17）アルザス（Alsace, Elsass）のニーデック（Nideck）住んでいた騎士たちは巨人だった。その娘の一人が谷間に下りて、畑にやって来ると、人間と馬が畑を耕しているのを見た。なんと可愛らしいオモチャだろう！　巨人の娘は大喜びでそれらを掬い上げてエプロンに入れて、お城に持ち帰った。父親に見せると、娘をたしなめて言った。「もとの場所に返しておきなさい。農夫はオモチャではない。彼らがいなければ、パンもジャガイモも得られないのだよ」。

巨人の国（Jotunheim, DM 439）北欧神話の9つの世界の一つ。神々の国（アスガルド, Asgard）や人間の国（ミッドガルド, Midgard）からは遠く、北の方角にある。ノルウェー中部にヨトゥンヘイム（Jotunheim）という地方があり、そこにドヴレフィエル（Dovrefjell、ドヴレ山、ペールギュントの舞台）がある。古代ノルド語jötunn（ヨトゥン, 複数jötnar）はeta（食べる）の派生語とされる。スルス（þurs, 複þursar）と呼ばれる巨人もある。Jotun（巨人）は低地ドイツ語eteninne（巨人女, 'Riesin, Hexe'）や地名Etanasfeld（古代サクソン語，巨人の野原）、Etenesleba（チューリンゲン方言，巨人の身体）に残る。

霧の国（Niflheim, DM 260, 667）古代ノルド語nifl（霧）はドイツ語Nebel, ラテン語nebula, ロシア語nebo（空）と同源で、中世ドイツのニーベルンゲン（Nibelungen）は「霧の国の人々」の意味。-ungenは-ingenの別形でゲッティンゲン、チューリンゲン（Göttingen, Thüringen）と同じく民族名の語尾。英国のBirminghamの-ingと同じ。

金のガチョウ（The Golden Goose; Die goldene Gans, KHM 64）ある男に三人の息子がいました。長男が森へ薪（たきぎ）を採りに行きましたが、怪我をして帰ってきただけでした。次男も同じでした。おばかさん（Dummling）と呼ばれた三男は森の中で出会った小人にお弁当を分けてあげたので、金のガチョウを貰いました。家に帰る途中、宿屋の娘が、このガチョウの羽を一枚引き抜こうと思ってさわると、くっついて離れません。このあとに二人の娘、牧師、寺男と7人の長い行列ができました。それを見ていたこの国のお姫さまがゲラゲラ笑い出しました。「姫を笑わせた者には彼女を妻として与える」と王様がおふれを出していたのです。しかし、いざとなると、王様は出し惜しみして、いろいろの難題を出して、最後には陸も海も走れる船をもってこいと言うのです。これも小人が助けてくれて、望みの船を作ってくれました。

金の鳥（The Golden Bird; Der goldene Vogel, KHM 57）むかし、金のリンゴのなる木を持っている王様がいました。実が熟したとき、金のリンゴが一個盗まれていることに気

づきました。王様は三人の息子に命じました。「交替で夜の見張りをして、泥棒をつかまえよ」と。最初に上の王子が夜番をすることになりましたが、真夜中に眠ってしまいまたもや金のリンゴを一個盗まれてしまいました。次の王子も同じでした。末の王子はしっかりと目を覚ましていました。夜中にやって来たのは、なんと、金の鳥だったのです。早速、矢を放ち、当たりましたが、金の羽根を一枚射落としただけで、逃げられました。翌朝、王様のもとに集まった学者たちの話では、この一枚は王国の全財産よりも価値があるというのです。王様は息子たちに命じました。金の鳥をぜひ探し出せ、と。長男と次男はだめでしたが、末の王子は、キツネの助けを得て、金の鳥ばかりでなく、金の馬と美しいお姫さまも手に入れて、無事にお城へ帰りました。弟を裏切った兄二人は絞首刑になりました。

　［注］ロシア民話にも同名の類話あり。

［く］

空腹の泉（Hunger Fountain; Hungerquelle, DS 105）ハレ（Halle）の市場の赤い塔のそばに泉があり、真夜中から朝にかけて水が流れ出る。流れの強い弱いが飢饉か安い時代かを予言する。農夫たちは、泉があふれ出ると、今年は物価が高い（heuer ist teuer; it's expensive this year）と言う。同様に、雨の多い、不作の年には泉が枯れる。夏が暖かい太陽の年は豊作の年（Sonnenjahre, Wonnenjahre; sunny year, rich year）という。雨が多すぎると農民にとって困る。（DM 491）溢れる泉も枯れる泉（auslaufende oder trocknende Quelle; running out or drying well）も空腹の泉（Hungerquelle, Hungerbrunnen; hunger fountain, hunger well）と呼ばれる。水位が上昇するのは災い、死亡、戦争、飢饉の予言だ。領主の死が近づくと、川の流れが止まる。『流れの止まった川』p.151を見よ。

クギ（The Nail; Der Nagel, KHM 184）品物が全部売れたので、商人がお金をたくさん携えて、家路につきました。途中、下男が、馬の蹄鉄（ていてつ）のクギが一本抜けていると注意を促しましたが、商人は早く家に着きたかったので、そのまま馬を進ませました。しばらく行くと、今度は蹄鉄が抜けてしまい、さらに少し行くと、馬がびっこを引き始め、ついに、馬の脚が一本折れてしまいました。しかたなく、馬を放置し、馬の上のカバンを商人が担いで、夜中にやっと家に着きました。あのとき、クギを一本打てばよかったのに、急がばまわれ（Eile mit Weile; More haste, less speed）の実例です。馬がかわいそうですね。

クッテンベルクの三人の鉱夫（The Three Miners in the Kutten Mine; Die drei Bergleute im Kuttenberg, DS 1）ボヘミア（今のチェコ）のクッテンベルク（チェコ語 Kutná Hora, 首都プラハから東へ汽車で1時間）という鉱山で三人の鉱夫が仲よく働いていました。毎朝、お祈りをしてから坑内に入りました。ある日、山崩れが起こり、全員が生き埋めになってしまいましたが、この三人だけは、敬虔さのゆえに、神様が生きながらえさせました。彼らは毎日お祈りをし、石炭を掘りました。神様は毎日、一日分

のパンと灯油を与えました。

こうして 、7年が過ぎたとき、一人が言いました。一度青空を拝んで、新鮮な空気を胸いっぱいに吸いたいなあ、それが出来たら、死んでもよい。二人目が言いました。一度妻と一緒に食事が出来たら、死んでもよい。三人目が言いました。妻ともう一年暮らせたら死んでもよい、と。

神様は、それぞれに願いを叶えてやりました。翌日、山がグラグラ動き出して、三人は狭い坑道を這い上がって、三人は外へ出ることができました。

最初の男は、ひさしぶりに、おいしい空気を胸一杯に吸って、死にました。二人目は妻と一緒においしい食事をして死にました。三人目は妻と一年間一緒に暮らして死にました。欲張りは損するはずなのに、ここでは逆です。神様は、ばか正直でした。[注] 鉱山や鉱夫に関する伝説は中部ヨーロッパのドイツ語圏に1210話あり、地下拘束も7年間のほかに100年、200年、数百年もある (G.Heilfurth, Marburg, 1967 1967. Donald Ward より引用)。

国、国境 (Mark, DR2,6) Mark は Denmark (デンマーク、デーン人の国) に見える。ほかに Markgraf (辺境伯), Altmark (Berlin西方), Uckermark (Berlin北方), Neumark (Berlin東方,Poland), Steiermark (州都Graz), Finnmark (北ノルウェー), Telemark (南ノルウェー) に残る。ドイツ語 Land は Gaue (州＜ge-aue 水に沿った地方) に分かれ、Gaue は Marken に分かれる。この共同体で国民は牧畜と農耕 (Viehzucht und Ackerbau) を行なう。英語の

countryはラテン語terra contrata（都市の向かい側の地域）から、フランス語の「国」pays［ペーイ］はラテン語pagus「村」からきている。この派生語がpagan（異教徒）。

クマの皮を着た男（Bearskin; Der Bärenhäuter, KHM 101）戦争が終わって失職した男が荒野を歩いていると、悪魔が呼びかけました。7年間、クマの皮を着て、主の祈りを唱えないで暮らしたら、生涯、金には困らない生活をさせてやる、というのです。ほかに生きる手段がないものですから、承知しました。貧乏人にはお金を施し、善行をしましたが、クマ皮男ですから、女の子にはそっぽを向かれました。しかし、約束の期限後、自由の身となって、器量よしの末娘と結婚しました。

グリム、ヴィルヘルム（Wilhelm Grimm, 1786-1859）ベルリン大学教授。兄のヤーコプとともに童話と伝説を編集して刊行した。ヴィルヘルムは「やわらかいペンの持ち主」（weichere Feder）と呼ばれ、グリム童話に美しい文体的統一を与えた。兄弟の収集した童話が広く読み物として普及したのは、ヴィルヘルムに負うところが多い。ほかに『古代デンマークの英雄詩、バラッド、童話』（Altdänische Heldenlieder, Balladen und Mährchen, 翻訳, 1811),『現代における古代ノルド文学』（Die altnordische Litteratur in der gegenwärtigen Periode, 1820),『ドイツのルーン文字について』（Über deutsche Runen, 1821),『ドイツの英雄詩』（Die deutsche Heldensage, 1829),『 小 論 集 』Kleinere Schriften（1881-1887, 4巻）がある。

グリム、ヘルマン（Hermann Grimm, 1828-1910）ヴィルヘルム・グリムの息子。ベルリン大学美学史教授（1873-）。『ミケランジェロの生涯』（Leben Michelangelos, 2巻, 1860-63),『ゲーテ』（2巻, 1877）の著書あり。

グリム、ヤーコプ（1785-1863）ベルリン大学教授。弟のヴィルヘルムとともにゲルマン文献学の創始者（Begründer der germanischen Philologie）と称される。兄弟の主要著作は『子供と家庭のための童話』（Kinder- und Hausmärchen, 1812-1815, 最終版1857は200話),『ドイツ伝説』（Deutsche Sagen, 1816-1818, 2巻, 585話),『ドイツ語辞典』（Deutsches Wörterbuch, 生前の執筆は最初の3巻1854-1862でForscheの項目まで, Wilhelm執筆はD）。ヤーコプの単著は『ドイツ語文法』Deutsche Grammatik（初版1819は1巻のみ；第2版は1822-1837, 4巻）；『ドイツ法律古事誌』Deutsche Rechtsalterthümer（1828, 2巻）；『ドイツ神話学』Deutsche Mythologie（1835, 2巻, のち補巻を入れて3巻）；『ドイツ語の歴史』Geschichte der deutschen Sprache（1848, 2巻）；『小論集』Kleinere Schriften（1864-1890, 8巻）。19世紀まではJacob（Jakobでなく）と綴った。同様にJacob Grimmはcasus, accusativ, rectionと書いている。ヤーコプとヴィルヘルムの兄弟愛は死ぬまで変わらず、兄ヤーコプは弟ヴィルヘルムに「このドイツ語文法はお前のためにのみ書いたようなものだ」と言っている。なおヤーコプは名詞を小文字で書き、文頭も小文字で書き（ラテン語やギリシア語と同じ）、パラグラフだけ大文字で

書き始める。当時の綴字法でthier（Tier），thür（Tür），gieng（ging），giebt（gibt），herschen（herrschen），muste（musste），hofte（hoffte），funfzehn（ウムラウトなし，fünfzehn）と書いた。1863年ドイツ語辞典のfruchtの項をほぼ完成したとき、Jacob Grimmのほとばしる創造力、あふれる精力もついに尽きた。78歳、生涯独身であった。

グリム、ルートヴィッヒ（1790-1863）グリム兄弟姉妹6人の末の弟で、グリム童話の挿絵を描いた（童話の普及はこれに負うところが大きい）。グリム兄弟の肖像も描いている。カッセル（Kassel）のアカデミー教授。1837年、ヤーコプとヴィルヘルムがゲッティンゲン大学教授を罷免されたとき、援助の手をさしのべた。

グリム兄弟書簡集（Briefwechsel zwischen Jacob und Wilhelm. Teil 2. Zusätzliche Texte, Sagenkonkordanz, Hrsg. von Heinz Rölleke, Hirzel Verlag, Stuttgart, 2006）527頁。例：p.136伝説『婦人の砂浜』DS 240 の注に「なくした指輪が魚の中から見つかる」（Sage vom verlorenen Ring, der hernach in einem Fisch wiedergefunden wird）では、同じモチーフがインドのカーリダーサのシャクンタラー（シュレーゲル）、サロモのラビ伝説、ヘロドトスの古代ギリシア伝説（第3巻, 41章, 42章）にもある。

グリム兄弟の大学講義（Grimms Vorlesungen）ヤーコプはゲッティンゲン大学で1830年夏学期から1837年罷免されるまで7つの異なる講義を行った。ドイツ法の資料と古代性（6回予告、2回タキトゥスのゲルマーニアについ

て：古代ドイツ神話学、計3回）；古代ドイツ語文法、現代
語と比較して（6回予告、実行）；ドイツ文学史（3回予告、
2回実行）；古文書学（文字の起源、写本の読み方、2回予
告、実行）；オトフリット解説（聴講者不足のため中止）。

　ヴィルヘルムは病気のため休講が多く、ニーベルンゲン
詩の解説（7回予告、2回実行）；フライダンクの格言および
ヴァルター・フォン・デア・フォーゲルヴァイデの詩の解説
（4回、休講）；ヴォルフラムのヴィレハルムの解説（1回、
休講）；グドルーン（1回、実行）。ベルリン大学に移ってか
らヤーコプは1840年4月30日から1848年まで、ヴィルヘル
ムは1840年5月11日から1852年まで、ゲッティンゲン大学
と大体同じテーマで講義を行った。学生の講義ノート
（studentische Mitschrift）がヤーコプの講義については12
点、ヴィルヘルムの講義に3点が知られている。

　［文献］Else Ebel(Bochum): Die Vorlesungen der Brüder
Grimm zur nordischen Altertumskunde und Literatur,
auf Grund studentischer Mitschriften, p.46-53. Alt-
nordistik. Erinnerungsband für Walter Baetke（1884-
1978；古代ノルド語散文文学のための辞典, Berlin, 1965-
68）. Hermann Böhlaus Nachfolger, Weimar, 1989.

グリム兄弟の民謡（Volkslieder der Brüder Grimm, aus
der Handschriftensammlung der Universitätsbibliothek
Marburg）。グリム兄弟の収集したドイツ、スウェーデン、
デンマーク、スラヴ、フランス、スペイン、イタリア、オ
ランダ、英国、フィンランド、ラップランド、ハンガリー

などの民謡を写本から出版し、のちの専門家が注を執筆したもの。出版地マールブルクは兄弟が学び、のちに教授となったところである。Redaktion：Ludwig Denecke und Charlotte Oberfeld. 1. Text und Melodien, 2. Kommentar (viii, 343pp.). N.G.Elwert Verlag, Marburg 1989.

グリム兄弟博物館（Brüder Grimm-Museum Kassel）ドイツ、カッセル市（人口14万）に1959年建設。カッセルは兄弟が高校に通い、のちに図書館司書をしたところで、ここでゲルマン学を習得し蓄積した。ゲルマニストのUlrich Pretzelの蔵書5万冊をもとに2004年ダルムシュタット工科大学（Technische Hochschule Darmstadt）からの10万点を加えた。古くはCasselと綴る。ラテン語で「城」。

グリム小論集[1]（Jacob Grimms Kleinere Schriften, 8巻）ベルリン・アカデミーでの講演や書評を再録したもの。第1巻（Berlin 1864, 412pp.）はJacobの自伝（25pp.）、Wilhelmへの弔辞、ゲッティンゲン大学教授罷免について（1838）、イタリアおよび北欧旅行記、語源と言語比較；第2巻（1865, 463pp.）はカレワラについて（über das finnische epos, 1845, スウェーデン語訳とロシア語訳が出た）；第3巻（1866, 428pp.）；第4巻（1869, 467pp.）Edda, Marie de France, Josephi Dobrowsky institutiones linguae slavicae dialecti veteris...Wien 1822の書評など；第6巻（1882, 422pp.）Litteratur der altnordischen gesetze；第7巻（1884, 608pp.）Rasmus Kristian Rask,

Vejledning til det islandske eller gamle nordiske sprog, København 1811の書評など；第8巻（1890, 611pp.）Ernst Schulze, Gothisches glossar, Magdeburg 1847のための vorrede; Zur recension der Deutschen Grammatikなど。

グリム小論集[2]（Wilhelm Grimms Kleinere Schriften, 4巻）Wilhelm GrimmほどGoetheをよく知り、崇拝している人はいない、とOtfrid Ehrismannは述べ、Wilhelm Grimm als Literaturkritikerという副題の序文を寄せている。第1巻（Berlin 1881, vii, 587pp.）自伝、Über das Wesen der Märchenなどを含む；第2巻（1882, iv, 525pp.）；第3巻（1883, v, 588pp.）；第4巻（1887, vii, 700pp.）Die mythische Bedeutung des Wolfes, Die Sage von Polyphemなどを含む。

グリム童話におけるドイツ語の文法（Grammatik zu KHM）現代語と異なる語法を記す。①属格：sie pflegte des Kindes（KHM 11）彼女は子供の世話をした；damit ich meines Lebens geniessen kann（KHM 44）私が人生を楽しむことができるように；dein wartet grosses Glück（KHM 163）大きな幸福が君を待っているよ；②属格の位置：des Vaters Haus　父の家；unseres Königs einzige Tochter（KHM 60）王様の一人娘；③与格：手段や状態を表すer lebte nur seinen Lüsten（KHM 57）彼は好き勝手に生きた；奪格的（ablativ）wenn du mir genommen würdest（ヤーコプから弟のヴィルヘルムに対して）もしお前が私から奪われるようなことがあったら；④比較級：二

者の比較に際して最上級を用いる場合der jüngste der beiden Brüder（KHM 60）二人の兄弟の年下。この用法はオランダ語やデンマーク語も同じ；⑤中性複数（DG 1, 534）：barn, jahr, land, wortなど1音節の中性名詞は本来、単複同形だった。wo es（Mädchen）funfzehn（fünfzehnでなく）Jahr alt（KHM 50）イバラ姫が15歳になったとき；über alle Land（KHM 89）ずっと向こうまで（帽子が飛んでいった）；⑥過去分詞の接頭辞ge-がない例：geh wieder hin, wo du kommen bist（gekommenでなく，KHM 94）もとのところへ帰れ；⑦呼びかけ（Anrede）duでなく複数形Ihrを用いる：Lieber Vater, macht mit mir, was Ihr wollt, ich bin Euer Kind（KHM 31）お父さま、私を好きなようになさってください、私はあなたの子供です。

グリムの法則（Grimm's Law, DG 1,580）ドイツではグリムの法則とはいわず、Lautverschiebung（音韻推移）という。Grimm's Lawはオックスフォード大学の比較言語学教授マックス・ミュラー（Max Müller, 1823-1900）がこう呼んだことから、英米はもちろん、フランス、スペイン、イタリア、日本でもこの名が用いられる。子音の推移が顕著なので、英語ではconsonant shift（子音推移）という。

　①dh＞d（印欧語*dhur-）＞英door；d＞t（ラdecem＞英ten）；t＞th（ラtrēs＞英three）；bh＞b（サbhrātar-＞英brother）；b＞p（ギkánnabis＞英hemp）；p＞f（ラped-主格pēs＞英foot）；gh＞g（印欧語*ghostis未知の人，ラhostis敵＞英guest）；g＞k（ラgenū＞英knee）；k＞h（ラ

centum＞英hund（redは数）；gw＞qw（*gwemjō, ラveniō
＞ゴート語qiman, 英come）［第一次はゲルマン語全部に］

　②この項目、第二次音韻推移はJacob Grimmの発見である。英語dayがドイツ語Tagになったのではなく、dayがTagに対応する（correspond, entsprechen）ので＝を用いる。d＝t（英drink＝ドtrinken）；t＝s, ss, tz（英eat, it, sit＝ドessen, es, sitzen）；th＝d（英three, the＝ドdrei, der, die, das）；v＝b（英even, over＝ドeben, über）；p＝f, ff, pf（英help, ship, apple＝ドhelfen, Schiff, Apfel）；k＝ch（英book, make＝ドBuch, machen。［第二次音韻推移（Second Sound Shift）は高地ドイツ語（High German）にのみ生じた］

［け］

芸術童話、創作童話（Kunstmärchen）アンデルセン（Hans Christian Andersen, 1805-1875）の童話が典型的な例である（初期のものは民話にもとづくが）。これに対してグリムの童話はVolksmärchen（民衆童話、民話）と呼ばれる。

刑罰（penalty; Strafe DR 2,254）これにあたるラテン語はpoena（cf.英pain, punish）、その語源のギリシア語poinê［ポイネー］は身請金の意味だった。刑罰に死刑と体罰があり、前者に絞首、車裂き、断首、生き埋め、断崖から墜落、溺死、焼殺、後者に手足断取、目の切除、鼻（耳、唇、舌）切除、歯の切断、性器切断があった。

結婚禁止（prohibition of marriage; Ehverbot, DR 1,602）両親、子供、兄弟姉妹の間では禁じられている。適齢期に達していない少女（unmannbare jungfrau）も同様

86

（ランゴバルド法）。しかし北欧神話のシグムンド（Sigmund）とシグリンデ（Siglinde）は兄妹であるが、相思相愛から英雄ジークフリート（Siegfried）が生まれた（Richard Wagnerによる）。

ケニング（詩的代称, Kenningar）古代ゲルマン詩に特有の表現で、「詩」を小人の船（dverga skip）、オーディンの蜜酒（Óðins mjöðr）、小人クヴァシルの血（これで詩を作った, Kvasis dreyri）、小人の飲み物（dverga drykkja）という。「小人の飲み物を贈る」（dverga drykkju skekkja）は「詩を吟じる」の意味である。これらは北欧神話の知識を前提とする。単数kenningの語源はkenna við（それによって知る）である。アラビア語でもラクダを「砂漠の船」といい、日本語でもサクラを「春の使者」といい、ハトはどこの世界でも「平和の使者」である。

ゲフィオン（Gefjon, DM 198）北欧神話で豊穣の女神。コペンハーゲンにゲフィオンの泉があり、シェラン島（Sjælland＜sjæl-landアザラシの島：コペンハーゲンのある島）の由来を語っている。ゲフィオンが楽しい物語を語ってくれたので、スウェーデン王がお礼に、一夜の間に牡牛4頭で耕せるだけの土地をスウェーデンの国から与えると約束した。彼女は息子4人を牡牛に変え、スウェーデン南部のメーラル湖（Mälar）とヴェーネル湖（Väner）にあたる土地を切り取り、三つの狭い海、小ベルト、大ベルト、スンド海峡を通って運び、これがデンマークのフューン島（Fyn）とシェラン島（Sjælland）になった。

ゲルマン語（Germanic; Germanisch）　東ゲルマン語
（ゴート語）、北ゲルマン語（ノルド語）、西ゲルマン語
（英語、ドイツ語、オランダ語、フリジア語）の総称。
ヤーコプ・グリムは Deutsch で Germanisch 全体を表し、
deutsche Grammatik は ゲ ル マ ン 語 文 法、deutsche
Mythologie はゲルマン神話学、の意味で用いている。

ゲルマン民族（Germanic peoples; Germanen, GD 537ff.）
ゴート人、ノルド人（スカンジナビア人）、ドイツ人、アン
グロサクソン人などの総称。タキトゥスの『ゲルマーニア』
に由来する英語 Germany, イタリア語 Germania, 現代ギリ
シア語 Germanía, ロシア語 Germanja は「ドイツ」を指す。
Germānī の語源は諸説あるが、一つだけ記す。ラテン語
germānus 'echt, wirklich' (Björn Collinder, in Alexander
Jóhannesson: Isländisches etymologisches Wörterbuch,
Bern 1956).

ケルンの大聖堂（Cologne Cathedral; Der Dom zu Köln,
DS 205）　ケルンの大聖堂の建築が始まったとき、市では
水道の建設も始めようとしていた。聖堂の建築家は、不遜
にも、こんなことを言った。「くだらない水道などよりも大
聖堂の建築を先にすべきだ」。彼は水道の泉の所在を知っ
ていたので、自信を持っていたのである。妻にはその場所
を教えたが、誰にも言うなと固く口止めした。聖堂の建築
が開始され、仕事もはかどった。しかし水道の建設は、泉
が見つからなかったので、まだ始められずにいた。夫が苦
しんでいるのを見て、水道建設担当者の妻は、聖堂建設

の他の担当者を通して泉の所在を知り、夫にそれを教えた。泉が知れるや、水道建設は急ピッチで進んだ。秘密がばれたことを知った聖堂建設者は怒り、呪い、そして死んだ。建設が永遠に未完成のままであるようにと願いながら。その後、別の建築家が昼間仕事を続けると、夜の間にその部分が壊れ、未完成のまま、今日に至っている。

剣（sword; Schwert, DR 1,233）剣はゲルマンの世界では英雄と兵士の最も重要な財産だった。シグルドが殺されたとき、ブリュンヒルドがシグルドの亡骸（なきがら）とその剣を自分と一緒に燃やすよう命じる（Sæmundar Edda, 古エッダ）。

［こ］

恋人たちの小川（Stream of Love; Der Liebenbach, DS 106）ヘッセン州のシュパンゲンベルク（Spangenberg）の町はその飲料水を向かい側の山にある上質の泉から得ている。この小川の誕生について次の伝説が伝わっている。この町の若者と娘が心から愛し合っていたが、両親は結婚を許さなかった。ついに双方の両親は次の条件で折れた。もし二人が誰の助けも借りずに向かい側の山の泉から水を導くことができたら、結婚を許そう、と。二人は小川を掘り、休みなく働いた。そして40年後に、やっと完成した。しかし、その瞬間に二人は死んだ。

　［かわいそう。でも幸福だったかも］

恋人ローラント（Roland; Der Liebste Roland, KHM 56）醜い娘と美しい娘がいました。醜い娘の母は魔女でした。

彼女は美しい継娘を亡き者にしようと機会をねらってい
ましたが、うっかり自分の娘を殺してしまいました。さ
あ、大変です。美しい娘は、その夜のうちに恋人のロー
ラントと一緒に逃げ出しました。翌朝、事の次第を知っ
た魔女は怒り狂って、一跳びで何マイルも走れる長靴を
履いて追いかけてきました。娘はローラントをバイオリ
ン弾きに変身させました。バイオリン弾きは美しく奏で
ましたので、魔女はいつまでも踊り続けねばならなくな
り、ついに倒れて死んでしまいました。

幸運のハンス（Hans-in-Luck; Hans im Glück, KHM 83）
ハンスが7年奉公したあとで、故郷の母のところへ帰るこ
とになりました。主人は退職金として、頭ほどの大きさの
金塊をくれました。途中で馬に乗った人に出会いました。
楽そうだなあ、と欲しくなり、金塊を馬と交換しました。
その後、牝牛→ブタ→ガチョウ→最後に、お金がザクザ
ク出るという砥石（といし：これはペテンでした）と交換
し、泉のそばで一休みしているときに、砥石を落としてし
まいました。結局、無一文になってしまいましたが、これ
でサッパリした、と意気揚々、郷里に帰りました。（口承）

皇帝とヘビ（The Emperor and the Serpent; Der Kaiser
und die Schlange, DS 459）カール皇帝がチューリッヒの
「洞穴への入り口」（zum Loch）という家に住んでいたと
き、鐘を吊るした柱を建てて、鐘に綱をつけさせた。そし
て、「裁判を要求する者は、皇帝が昼食をとるときに、こ
の綱を引いて知らせよ」と掲示した。ある日、鐘が鳴った

ので、係の者が行ってみると、なんと、大きなヘビが鳴ら
しているではないか。ヘビは人間ほども大きさがあった。
皇帝が出てくると、ヘビはうやうやしく挨拶して、湖のほ
とりに案内した。そこにヘビの巣があり、その中にヘビの
タマゴがあって、タマゴの上に巨大なカメが坐っていた。
皇帝は直ちに判決を下し、カメを火あぶりの刑に処した。
数日後、ヘビが再び宮廷にやって来て、お礼にと皇帝に
宝石を差し出した。皇帝はその宝石を妻に与えた。ヘビの
宝石は特別な魔力をもっていて、皇帝の心をいつも妻に引
き寄せた。[注]『カールがハンガリーから帰国』,『オンド
リの闘い（カール皇帝の後継者を決める）』などカール大
帝をめぐる逸話は多い。イタリアの小さな町アトリに正義
の鐘（The Bell of Justice, The Bell of Atri）がある。

鉱脈を掘る人々（The Prospectors; Die Fundgräber, DS
99）豊かな鉱脈は、大抵、貧しい、名もない坑夫によって
発見される。ボヘミア（今のチェコ）の鉱山に赤いライオ
ン（der rote Leu）という坑夫がいた。彼の妻が、ある日、
岩石の間に踵（かかと）を挟んでしまった。夫がそれを取
り除けようとして、偶然に純金の鉱脈を発見した。だが巨
万の富が手に入るや、赤いライオンは贅沢の限りを尽くし、
結局は乞食のような貧困に逆戻りして死んだ。

小売商人とネズミ（The Peddler and the Mouse; Der
Krämer und die Maus, DS 333）昔、一人の貧しい小売商
人がボヘミアの森を通ってライヒェナウ（Reichenau）に向
かって歩いていた。疲れたので、座ってパンを食べよう

した。食事のために持っていた唯一のものだった。食べて
いると、足元に一匹のハツカネズミが出てきて、私にもちょ
うだいと言いたげな顔をしている。二三かけらを投げてや
ると、すぐに食べ始めた。さらに投げてやると、おいしそう
に食べている。わずかな食事を二人で一緒にし終わった。
近くの泉で水を飲み、元の場所に戻ると、一枚の金貨が置
いてある。ネズミは二枚目を穴から持ってくるところだった。
三枚目、四枚目と金貨がたくさんたまった。見ると、ネズミ
はもういなかった。彼は大喜びで金貨を背負い、ライヒェ
ナウに向かった。そこで、半分を貧しい人々に分け与え、
半分の金貨でそこに教会を建てさせた。この物語は石に刻
まれ、永遠に残るだろう。今日でも、ボヘミアのライヒェナ
ウにある三位一体教会で見ることができる。

　［注］Reichen-au（豊かな水郷地）は各地にあるが、ボヘミ
ア森の場合、ポーランド語でBogatynia（bogaty 'rich'）と
呼ばれるもので、チェコとドイツの国境付近にある。

古エッダの歌（Die Lieder der alten Edda）北欧神話・
英雄伝説・箴言の韻文集成で、その刊本注釈（1815）。
主にヴィルヘルム・グリムの仕事であった。キリスト教
以前のゲルマンの世界を知るための重要な文献。原本の
著者は不明。標準的な刊本はEdda. Die Lieder des
Codex regius（hrsg. von Hans Kuhn, I.Text, II.Kurzes
Wörterbuch, Heidelberg 1962-68）. 原語からの翻訳は松
谷健二訳（筑摩書房1966）と谷口幸男訳（新潮社1973）、
ドイツ語訳はKarl Simrock（1851）, Hugo Gering（1892），

Felix Genzmer（1960），英語訳はCarolyne Larringtonの The Poetic Edda（The World's Classics, Oxford, 1999）がテキストに忠実でコンテクストが分かりやすい。

古代ドイツの森（Altdeutsche Wälder, 3巻）グリム兄弟の共著。カッセル1813, vi, 330pp., 1815, 288pp., 1816, 288pp. リプリントOlms-Weidmann, Hildesheim, 1999.『古代ドイツの森』はグリム兄弟の創刊した雑誌で、折にふれて書きとめた小論集となっている。52編のうち、古代ゲルマンのテキストと注が30編以上を占める。ゴート族の歴史を描いたヨルダネス（Jordanes）はアッティラを「世界の統一王」Alleinherrscher der Welt（solus in mundo regnator）と呼んでいるが、高邁なヴァイキングに見られる詩人的な輝きはないなど興味ある論述が見られる。ラテン語の「森」silvae（Wälder）は「詩集」（ギリシア語anthologia）の意味に用いられ、ラテン語の伝統にしたがって、ドイツのマルティン・オーピッツ（M.Opitz）の『詩の森』Poetische Wälder（1624）、英国ジョン・ドライデンの『森』Sylvae（1685）、ヘルダーの『批判的な森』Kritische Wälder（1769）があり、グリム兄弟もこれにならった。ヤーコプ・グリムはスペインの古いバラッド集を『古いロマンセの森』Silva de romances viejosの書名で出版した（1815）。

子供のための聖者物語（Kinderlegenden=KHM 201-210）次の10編からなる。『おばあさん』『神様の食事』『三本の緑の枝』『十二使徒』『聖母の杯』『天国の婚礼』『ハシバミの木の笞』『バラ』『貧窮と謙遜は天国へ通じ

る』『森の中の聖ヨーゼフ』

ことわざ（Proverb; Sprichwort, DW）ラテン語 prover-bium, adagium, sententia にあたり、「類語を組み合わせたことば、多く（の人に）話されることば」（eine tautologische zusammensetzung, ein wort, das viel gesprochen wird）とグリムの辞典は定義している。KHM から例を拾うと Muss ist eine harte Nuss（54）義務は固くても割らねばならぬクルミのようなものだ、義務はつらいもの；durch Schaden wird man klug（64）痛い目にあうと賢くなる；leicht verdient und leicht vertan（107）簡単に稼いだお金はすぐになくなる、あぶく銭。「ことわざ」のラテン語 proverbium も adagium（＜ad-aiō）もギリシア語 paroimíā（par-oimíā）もすべて「添えことば」の意味。参考書：H.Rölleke（hrsg.）Das Sprichwort in den Kinder- und Hausmärchen der Brüder Grimm. Bern,Peter Lang,1988.

古判例集（Weisthümer）ヤーコプ・グリム著、7巻。I. II.1840, III.1842, IV.1863, V.1866, VI.1869, VII.1878.『ドイツ法律故事誌』2巻（1828）とともにゲルマン法の基礎資料。

小羊と小魚（The Little Lamb and the Little Fish; Das Lämmchen und Fischchen, KHM 141）小さい兄と妹が仲よく暮らしていました。お母さんが死んだので、継母が自分の子供たちを連れてきました。継母は兄妹をいじめるだけでは物足りず、兄を小魚に、妹を小羊に変えてしまいました。ある日、お客さんが来ることになり、ちょうどよい機会だったので、子羊を殺して料理してしまおうと、料理

番に申しつけました。料理番が小羊をつかまえてみると、兄さんのことを思って、人間の言葉をしゃべるではありませんか。驚いた料理番は、事情を察して、小羊と小魚を別の百姓のおかみさんに預けました。その後、仙女のおかげで、二人とも、元の姿を取り戻すことができました。そして二人は森の中の小さな家で、しあわせに暮らしました。

〔継母の罰については、語られていません〕

小人（dwarf; Zwerg, DM 369）古代ノルド語dvergr, 古代英語dweorg, 古代高地ドイツ語tuerc, 中世高地ドイツ語tvercはラテン語nanus, ギリシア語nánnos, フランス語nainにあたる。その後ElbeとZwerge（-eは複数語尾）が混同され、Elbeのよい性質がZwergeに受け継がれる。Zwergeは岩山あるいは地下に住み、Erdmännlein（地下の小人）、Erdmanneken（低地ドイツ語形）と呼ばれる。地下の世界を支配し、金銀細工が巧みで、しばしば人間を助ける（ディズニーの白雪姫の場面を思い出す）。古代ノルド語でdvergmál（小人の言葉）はエコー（echo）の意味である。アイスランド語ではechoのことをbergmál（山の言葉）という。北欧神話においては、小人は原巨人ユミル（Ymir）の腐敗した死体から生じた蛆虫（うじむし）が先祖とされる。ラウジッツ地方ではLutchen, Ludkiと呼ばれる。このLutはドイツ語のLeute（人々）にあたる。身長は30センチたらずで、赤い帽子と赤いジャケットを着ている。ブラウンシュヴァイク（Braunschweig）では、小人国で3日間過ごした少女が故郷に帰ると300年が経っていた（G.Neckel）。

小人たち（The Little Elves; Die Wichtelmänner, KHM 39）

（第1話）貧しい靴屋が最後に残った靴の革を裁断して、明日縫うつもりでいました。ところが、朝起きてみると、靴は、まるで名人が作ったかのように、きれいに縫い上げてあるではありませんか。いつもより高く売れたので、この日は2足分の革を買うことができました。これを裁断しておくと、次の朝も、2足の靴がちゃんと出来上がっていました。次は4足と増えました。こうして、靴屋は次第に暮らしが楽になりました。いったい、誰が夜の間に作ってくれたのでしょう。今晩、寝ないで、見てみようよ。真夜中に小人が二人やってきて、すばやく作り始めると、あっという間に出来上がりました。いつものように、とても美しくできています。妻が言いました。あの子たちのおかげで、私たちはこんなに豊かになったわ。何かお礼をしましょうよ。私はあの子たちに小さな服を作るわ、あなたは小さな靴を作ったら？そして、出来上がりを、テーブルの上に載せておきました。小人は真夜中にプレゼントを発見すると、靴をはき、服を着て、大喜びしながら、外へ出て行きました。そして、それきり姿をあらわしませんでした。

（第2話）屋敷に奉公していた女中が、ある日、一通の手紙を貰いました。彼女は字が読めませんでしたので、読んでもらうと、小人の一族がお産の手伝いに来てほしいとのことです。みんなが行っていらっしゃいと言ってくれたので、出かけました。お産が無事に終わり、おみやげに金貨をたくさんいただいて帰って来ました。もと

の屋敷に帰ってみると、見知らぬ人たちが住んでいました。彼女は小人の国にたった3日間いただけなのに、人間の世界では7年もの歳月がたっていたのです。

　（第3話）生まれたばかりの子供が揺りかごから連れ去られ、代わりに頭の大きな、ギョロ目の、醜い子供（取り替え子changeling; Wechselbalg）が入っていました。母親が驚いて、隣の夫人に尋ねると、取り戻す方法を教えてくれて、無事にわが子を戻すことができました。

小人と妖精（little folk and fairies; Wichte und Elbe, DM 363）ドイツ語wichtは現代語のGeist（精）、ラテン語geniusにあたる（ギリシア語のdaímōnは広すぎる）。WichteもElbeも女性が一般的で、より高貴と見なされる。wichtはnicht（…ない：＜ne-wiht 一人もいない、何もない）の語源で、「人、物」が原義である。KHM 39の『小人の靴屋』Wichtelmännerに原義が残る。Elbe（＝Alben）の古代ノルド語âlfar（単数álfr）にljósálfar（光の妖精）とsvartálfar（黒い妖精）があり、前者は善良、親切、神々しい、光の天使、であるのに対し、後者は悪い、敵意、地獄的、暗黒の天使とされる。光の妖精は美しく、黒い妖精は醜い。黒い妖精と小人（dvergar, Zwerge）の関係は小人（dwarf, Zwerg）の項を見よ（p.95）。水の精（Wassergeister）はWassermannとWasserfrau（＝Nixe）を含む。

小人の贈り物（The Presents of Little Folk; Die Ge- schenke des kleinen Volkes, KHM 182）仕立屋と金細工師が旅の途中で、日が暮れてしまいました。見ると、丘の上で

小人たちが楽しそうに踊っています。二人にも、ぜひ入りなさい、と言うので、一緒に輪になって踊りました。終わると、小人の親方が、山のように積み上げてある石炭をポケットに入れて持ち帰れと言うのです。こんなもの、と思いましたが、言われるままにして、山を下り、宿をとって寝ました。朝起きてみると、なんと、昨日の石炭は純金に変わっているではありませんか。仕立屋は、それだけで満足しましたが、金細工師は、もっと欲しいと思って、次の晩も丘に行き、今度は三袋も石炭を貰って帰りました。ところが、翌朝見ると、金に変わっていないばかりか、昨晩の金も石炭に戻っていました。仕立屋のほうは、もとのままでした。仕立屋は、泣いている金細工師を慰めて、この金があれば、二人で生活できるよ、と言って、仲よく一緒に旅を続けました。

［さ］

サガ、散文物語（Saga）中世アイスランドの文学。9世紀にノルウェーからアイスランドに渡り、植民した人々の作品で、家族の物語が中心で30編ほどある。殺戮や復讐の物語もある。中世ヨーロッパ文学の主流がキリスト教文学であったのに対し、めずらしい文学的ジャンルとして注目される。sagaはsegja（言う、語る）の名詞形で、歴史の意味もある。ドイツ語Geschichteやフランス語histoireも歴史と物語の両方の意味がある。Geschichte der deutschen Sprache（ドイツ語の歴史）、Histoire de la langue française（フランス語の歴史）、アンデルセンの『ある母親の物語』

のドイツ語はGeschichte einer Mutter, フランス語は
Histoire d'une mère である。sagaと同じ語源のドイツ語
Sage（ザーゲ）は「伝説」の意味。J.Grimm（DM 258）に
よると、ゲルマン最高神Wuotanの娘Sagâは語りの女神
で、ゼウスの娘ムーサ（Moûsa）も語りの女神。

サクソ・グラマティクス（Saxo Grammaticus, c.1150-
c.1220, GD 528）文法家サクソ（サクソン人）の意味。
ラテン語で書き、学識者であったので、こう呼ばれる。
主著Gesta Danorum（デンマーク人の事跡）はデンマー
クの歴史16巻で、そのうち9巻は伝説を扱っている。中
で有名なのはハムレット伝説である。1514年に印刷され、
谷口幸男氏の日本語訳がある（1996）。

殺害（murder; Todschlag, DR 2,179）殺害は犯罪（crime;
Verbrechen）のうち最高のものである。これに公開
（offen）と非公開（heimlich）の区別があり、前者は古
代高地ドイツ語slahta, manslahta, 古代ノルド語víg,
dráp, mandrápという。後者はゴート語maúrþr, 古代高
地ドイツ語mordar（のちmord）という。

殺人の賠償金（Wergeld, DR 1,375）サリ法典（lex salica）
によると自由民（ingenuus）が殺人を犯した場合、その遺
族に対して200 solidusを支払わねばならなかった。召使い
（knechte）は賠償金を要求する権利がなかった。

さまよえる狩人（The Nomadic Huntsman; Der herum-
ziehende Jäger, DS 258）ある大きな森で、この森の管理
人（林務官, forester, Förster）が射殺された。この森を

所有している貴族が、別の林務官を雇ったが、またしても射殺された。何人も同じ運命にあった。すべて額の真ん中を撃ち抜かれていた。しかし、その弾がどこから飛んでくるのか、誰にも分からなかった。数年後、放浪している狩人が、森の管理をいたしましょうと申し出た。貴族は、今までの事情を話し、危険な任務をお願いするのは気がひけると言ったが、私が必ず目に見えない狙撃兵を仕留めてみせます、と言って、狩人は任務を引き受けた。翌日、狩人が森の中に入ると、早速、弾を撃つ音がした。狩人は帽子をサッと空中に投げ上げた。すると弾は帽子に当たり、下に落ちた。今度はおれの番だ、と言って狩人は弾を撃った。二三の同行者と一緒に探すと、森の反対側のはずれにある風車小屋に粉屋が死んでいるのを見つけた。弾は犯人の額の真ん中を打ち抜いていた。

三人の兄弟（The Three Brothers; Die drei Brüder, KHM 124）ある父親に三人の息子がいました。修行に出て一番すぐれた技術を身につけた者がこの家を継ぐことになりました。長男は鍛冶屋に、次男は理髪師に、三男は剣術の先生になって帰ってきました。鍛冶屋は走っている馬の蹄鉄を四つとも走りながらの状態で取り替えることができます。理髪師は走っているウサギの一本ひげを傷つけずに剃り落すことができます。剣術師は土砂降りの雨を剣で切ってその下にいる自分の身体が全然濡れない、という腕前です。結局、三男が家を貰いました。しかし、兄弟は三人とも仲がよかったので、一緒に住み、楽しく暮らしました。

三人の軍医（The Three Army Surgeons; Die drei Feldscherer, KHM 118）外科の軍医三人が旅をしていました。一人は自分の手をちょん切って翌朝それをくっつけることができます。もう一人は自分の心臓を取り出して翌朝それをまたはめ込むことができます。三人目は自分の目をえぐり出して翌朝それをもと通りにすることができるのです。宿屋の主人はその腕前をぜひ見たいというので、三人はそれぞれ切り取ったり、くり抜いたりして、それぞれを戸棚の中に入れておきました。ところが、夜の間にネコがそれらを持って行ってしまいました。あわてた主人が、代わりに、泥棒の手首と、ブタの心臓と、ネコの目を用意しました。泥棒の手首をくっつけた軍医は盗み癖がつき、ほかの二人も散々な目にあいました。三人は宿屋に戻り、損害賠償を請求しました。戸棚の鍵を忘れた女中が悪かったのですが、三人は生活に十分なお金は取り戻しました。しかしやはり、もとの技術のほうが、はるかによかったのです。

三人の幸運児（The Three Luck-Children; Die drei Glückskinder, KHM 70）父親が三人の息子を呼んで、遺産を渡して言いました。どれも平凡なものばかりだが、それがない国に行って、運を試みるがよい。長男はオンドリを、次男は鎌（かま）を、三男はネコを貰いました。長男はオンドリのない国に来ました。毎朝、起きる時間を知らせてくれるので、これは便利だ、というので、ロバに積めるだけの金と交換しました。次男がやって来た国では、大砲の弾でムギの穂を打ち落としていました。

鎌は便利だなあ、と感心して、馬に積めるだけの金と交換しました。三男が到着した島には、ネコがおらず、ネズミの天国で、レストランの食卓の食事を、お客さんよりも早く、ネズミが食い荒らすのです。王様も庶民も、ネコを欲しがり、ラバに積めるだけの金と交換しました。

三人の職人（The Three Journeymen; Die drei Handwerksburschen, KHM 120）三人の職人が仕事を求めて旅をしていました。悪魔が彼らにお金を与えて、任務を言い渡しました。それは何を聞かれても、一人はWir alle drei（われわれ三人は）、二人目はums Geld（お金のために）、三人目はund das war recht（そのとおり）と返事をすること、それ以外は何もしゃべってはならない、という変わった仕事でした。自由にしゃべれない不便はありましたが、お金はたっぷりあるので、面白おかしく暮らしていました。ある宿屋に泊まったとき、殺人事件に遭遇しました。尋問されて、「われわれ三人は」「お金のために」「そのとおり」と言う羽目になって、逮捕されました。しかし、犯人は別にいて、あやうく、処刑を逃れることができました。

三の数（Dreizahl, DR 1,286）「よいものはすべて三つある」（aller guten dinge sind drei）と言います。三位一体（創造主である父なる神、神の子キリスト、聖霊、また三者が心を一つにすること）、命題・反論・総合。ゲルマンの三民族（ヘルミノーネース、インガエウォネース、イスタエウォネース、以上プリニウス：東ゲルマン、北ゲルマン、西ゲルマン）、三つの階級（貴族、自由民、奴隷、以

上タキトゥス）、三個まで無料（果物、野菜のカブは三個まで通行人がもらってよい）、三つの災難（略奪、火事、盗難）。文法範疇に関しては文法性（男性、女性、中性）、数（単数、双数、複数）、人称（1・2・3）、比較（原級・比較級・最上級）、態（能動、中動、受動；中動middleはI wash my hands, ich wasche mir die Hände, je me lave les mains のような場合）、法（直説法、命令法、接続法；ギリシア語はこれに希求法optativeが加わる）、時制（現在、完了、アオリスト）、アラビア語の三母音（i-a-u）。

三羽の小鳥（The Three Birds; De drei Vügelkens, KHM 96）トイトブルク山地（中部ドイツ）のコイターベルク（Keuterberg）に住んでいた王様が、二人の大臣と一緒に狩猟に出かけました。途中で三人の美しい姉妹に出会いました。王様は上の姉と、大臣たちは中と下の姉妹と結婚しました。大臣の妻になった二人には子供ができませんでしたので、王様のお妃になった長姉が身ごもったとき、うらやましくてたまりません。出産のとき、王様が留守であったのをさいわい、共謀して、生れたばかりの立派な男の子をヴェーザー川の中に投げ込んでしまいました。そのとき川から小鳥が飛び立って、「死んじゃだめだよ、死んじゃだめだよ」と鳴きました。さいわいに漁師に助けられ、その妻に育てられました。二番目の息子も、三番目は娘でしたが、これも、同じ運命にあいました。しかし、結局三人とも無事に王様、王妃様のところへ帰ることができ、二人の邪悪な叔母は罰せられました。

［注］トイトブルクの森（Teutoburger Wald）は今日のビーレフェルト（Bielefeld）のあたりで、西暦9年、ローマ軍はゲルマン人との戦いで3万人を失った。

三枚の鳥のはね（The Three Feathers; Die drei Federn, KHM 63）王様に三人の王子がいました。お前たちのうち、一番美しい絨毯を持ち帰った者にこの国を譲る、と言って三枚の鳥の羽根を空中に飛ばしました。二枚は東と西に飛んで行き、上の二人の王子は、そのあとを追って、旅に出ました。三枚目はすぐ近くに舞い降りました。兄弟からおばかさん（stupid; Dummling）と呼ばれている末の王子が、しかたなく、その羽根を追いました。ところが、羽根の落ちたところに隠し戸があって、その下に階段があり、そこを降りると、カエルのお宿になっていました。「グワッ、グワッ、何の用？」とカエルが問うので、「美しい絨毯を探しています」と王子が答えました。まもなくカエルが持ってきた絨毯は、この世のものとは思われない美しいものでした。その王子には次から次に幸運が訪れました。最後に、一番美しい花嫁を連れてきた者に国を継がせることになったのですが、カエルの魔法が解けて、世にも美しいお姫様になり、三番目の王子が王位を継ぐことになったのです。

三枚のヘビの葉（The Three Snake-Leaves; Die drei Schlangenblätter, KHM 16）王女と結婚する場合、どちらか一方が先に亡くなると、相手も一緒にお墓に埋められねばなりません。勇敢に戦った少年が王様に認められて、王女と結婚することになりました。二人は幸福に暮らして

いましたが、王女が重い病気にかかり、亡くなりました。
最初の約束で、夫も妻の亡骸と一緒に地下のお墓の中に
埋められました。三日分のパンと水が添えられました。す
るとヘビがやってきたので、身が危ういので、剣で三つに
切りました。と、ヘビの妻らしいものが、三枚の葉を持っ
てきて切られたヘビの身体の上に置いたのです。おや、
ヘビが生き返ったではありませんか。夫は、早速、妻の
亡骸を三枚のヘビの葉で試すと、生き返らせることができ
たのです。思いがけず、お墓の中から生き返って、夫婦
で出てきたとき王様はどんなに喜んだことでしょう。しか
し、ヘビの毒気のためか、王女が心変わりしてしまい、夫
を殺そうとしたばかりでなく、愛人を作ってしまいました。

［し］

死（Death; Tod, DM 700）「死」と「死ぬ」が同じ語根か
らきているように、英語dieとdeath, フランス語mourir
［ムーリール］とmort［モール］、ロシア語umeret'［ウミェ
リェーチ］とsmert'「スミェールチ」、ラテン語morior［モ
リオル］とmors［モルス］、ギリシア語thnêskō［トネース
コー］とthánatos［タナトス］も同じ語根からきている。ド
イツ語はTod（トート）とsterben（シュテルベン）で異なっている。sterben（死ぬ）
の原義は「硬直する」である（英stiff「硬直した」）。人間
の寿命は70歳と定められた（本書 p.115）が、それより早
い人も遅い人もいる。人間は死すべき（mortal; sterblich）
ことを定められているが、いつ死ぬか、死ぬ時は教えられ
ていない。トルストイの民話「人は何によって生きるか」

What men live by; Wovon lebt der Mensch?（1881）に、この次第が描かれている。死は神の使者、死神（Death; der Tod）によって伝えられる。突然であったり、予告があったりする。予告は病気や衰弱により行われる。死神が子供を連れ去る様子はアンデルセンの「ある母親の物語」（History of a Mother, 1848）に描かれている。

ジークフリート（Siegfried, DM 457,573）はドイツ語の読み方で、古代ノルド語ではシグルド（Sigurðr）となる。Siegfriedは低ライン地方のクサンテン（Xanten＜ad sanctos「聖者たちのいるところ」）の王子であった。ドイツ中世叙事詩『ニーベルンゲンリート』（ニーベルング族の歌：ニーベルングは霧の国の人々）の主人公ジークフリートは小人アルベリッヒ（Alberich）を打ち負かし、ニーベルンゲンの宝と隠れ蓑（Tarnkappe）を手に入れる。ブルグンド（Burgund）の王女クリームヒルト（Kriemhild）と結婚するが、その兄グンター（Gunther）の家臣ハーゲン（Hagen）に殺され、ニーベルンゲンの悲劇が起こる。

ジークフリートとゲノフェーファ（Siegfried und Genofeva, DS 538）このジークフリートは上記とは別である。ジーク（勝利）＋フリート（平和）で、この名は多い。トリーア（Trier, モーゼル河畔、ルクセンブルク国境付近）の大司教ヒルドルフの時代に、そこの宮中伯ジークフリートが妻のゲノフェーファと一緒に暮らしていた。妻はブラバントの公爵の娘で、美しい敬虔な女性だった。ジークフリートは異教徒征伐のため戦争に赴くことになり、ゴロー

（Golo）という名の、信頼していた召使いに妻の監督を頼んだ。出発の前夜、ゲノフェーファは息子を身ごもった。ジークフリートが出発してまもなく、ゴローは美しい人妻に邪心を抱き、愛を告白した。ゲノフェーファはかたくなに拒んだ。ゴローはにせの手紙を書いて見せ、ジークフリートが家来とともに海で溺死したので、いま全土は自分のものであると偽証した。彼がキッスをしようとしたとき、彼女は相手の顔をげんこつで殴った。不可能と見るや、彼は彼女の侍女と女中をすべて解雇したので、身重のゲノフェーファを助けてくれたのは、洗濯のばあやだけだった。無事に、かわいい男の子を出産した。しかし、彼女は、ついに、夫が生きていて、まもなく帰ることを知り、使者に夫はどこにいるかを尋ねた。「シュトラースブルクです」。ゴローは驚いて、自分はもうだめと悟った。そのとき、悪魔がささやいた。夫が不在中に生まれたのだ、料理人との情事でできたことにすればよい、だから彼を殺せば、お前は無事じゃないか、と。ゴローは主人のもとに急ぎ、この虚偽を伝えた。ジークフリートは驚き、それを信じてしまった。どうしたらよかろう、とゴローに相談すると、彼女はあなたの奥様にふさわしくありません。子供と一緒に海に流し、溺死させればよい、と答えた。

　ジークフリートの承諾を得て、ゴローは召使いたちに母子を森に連れて行って殺すように命じた。召使いたちは話し合った。この無実の人たちが何をしたのか、なぜ殺されねばならないのか、血でわれわれの手を汚すよりは、野獣

107

にまかせたほうがよい、と考えて、二人をそこに置き去りにした。荒野に取り残されて、ゲノフェーファは泣いて祈った。息子はまだ一か月もたっていなかった。彼女の胸にはお乳がなかった。マリア様にお祈りすると、突然、一匹の牝鹿があらわれて、子供のそばにすわった。ゲノフェーファが牝鹿の乳首を子供の口にあてがってやると、子供はそのお乳を飲んだ。彼女はこの地に6年3か月とどまった。彼女は草や木の根を食べた。木の幹を集めて、いばらで組み立てて、雨露をしのいだ。この間に、ある日、宮中伯は偶然この森に狩猟にやってきた。そこに男の子にお乳を与えた牝鹿があらわれた。狩猟犬が追いかけたので、牝鹿は男の子のそばにすわった。ジークフリートは男の子の母親に尋ねた。あなたはキリスト教徒か、なぜ衣服を着ていないのか、と言って、自分のマントを貸してやった。私と子供は6年3か月ここにいて草木を食べて生きてきました。衣服は擦り切れてなくなってしまいましいた。この会話の間に、廷臣の一人が気づいた。もしや、ずっと前に亡くなられたはずの奥様ではありませんか。ジークフリートは妻のほくろと結婚指輪を発見し、変わり果てた妻であることを知り再会を喜んだ。妻は留守中の一部始終を夫に語った。

　ゴローの処罰をどうしたらよいか。彼は四頭の牡牛に手足を一本ずつ縛りつけられた。そして牡牛に四方向に曳かせたので、ゴローの身体は四つに引き裂かれた。宮中伯は愛する妻と息子を連れて帰ろうとしたが、妻はそれを辞退して言った。この場所でマリア様が私を野獣から守ってく

れました。そして息子にお乳を与えてくれました。ここを清めてください、と。司教ヒルドルフが呼ばれ、清めの儀式がなされた。ジークフリートは盛大な宴会を催した。彼女はもはや普通の食事をとることができず、いつもの草木しか食べられなかった。最後に、彼女は、ここに教会を建ててくださいとお願いした。彼女はほんの数日しか生きられず、天国に召された。ジークフリートが妻に約束した教会は聖母教会（Frauenkirche）と呼ばれ、マイエン（Meyen）から遠くないところにある。そこでいろいろな奇跡が起こった。［注］Genofeva は5世紀聖女の名。Trier（トリーア）はケルト族 Trēverī より。Hildolf < hild-wolf「戦いのオオカミ」。Golo [ˈɡoːlo] < Gotthard, -fried.

詩学（poetics; Dichtkunst, DM 749）古くはアリストテレスの ars poetica があり、ゲルマン文学でそれに相当するのはスノリの Skáldskaparmál（詩の言語：skáld 詩人；-skap であること；-ar の；mál 言葉）である。これはスノリのエッダ三部作の第二巻にあたる。代称（ケニング kenning；海＝「ユミルの血」「エーギルの娘たちの父」）、名称（heiti；海＝「塩」「砕けるもの」「運ぶもの」）、詩形などが解説され、古代ノルド語の詩学入門となっている。

時間と世界（time and world; Zeit und Welt, DM 659）時間や世界のような抽象概念を人はどのように表現したか。古代英語の「時」に tīma と tīð があり、前者が英語の time, 後者がドイツ語の Zeit にあたる。英語のことわざ Time and tide wait for no man（歳月人を待たず）は類義語二つで一

109

つの概念を表している。ギリシア語の「時」hôrāが英語hour, フランス語heure, ドイツ語Uhrに借用された。使い方は三言語で異なり、二時間（働く、時間がかかる）の場合、英語two hours＝フランス語deux heures＝ドイツ語はzwei Stundenという。このStunde（時間）はstehen（立っている）が語源で「決まった時点」が原義である。2時（です）は英語two o'clock（＜two of the clock）＝フランス語はdeux heures＝ドイツ語zwei Uhrで英語だけ異なる。ドイツ語のUhrは時計（clock, watch）の意味もあり、zwei Uhrは「2時」だが、zwei Uhrenは「時計2個」である。「世界」のギリシア語kósmosは「秩序、装飾」が原義でラテン語はこれをまねて同じ意味のmundusを用いた（フランス語Le monde「世界」, ドイツ語Die Welt「世界」はともに新聞の名）。北欧神話では世界を「人間の時代」（ver-öld）と呼んだ。これがworld, Weltの語源である。ロシア語のmir（ミール）は「世界」と「平和」の意味があり、「世界に平和を」はmir miru（ミール・ミールー）という。「平和の共同体」の意味から「世界」の意味に発達した。

シグルド（Sigurðr, DM 307）北欧神話の英雄。シグムンドSigmundrとその妹シグリンデSiglindeとの間の息子。シグルドは炎の中の城に幽閉されたブリュンヒルドを救い出し、結婚を約束する。人間に恋をしてはならぬというオーディンの戒めを破ってブリュンヒルドはシグルドに恋をしてしまった。しかし親族が用意した媚薬のためにシグルドはブリュンヒルドを忘れてしまい、グドルーンと結婚

してしまったために、ニーベルンゲンの悲劇が起こる。

詩人（poet; Dichter, DM 749）ギリシア語起源のpoet
やラテン語起源のDichter（ディヒター）が到来する以前からsinger,
Sängerは詩人であり、同時に吟唱者であった。ギリシ
ア語poïētês（ボイエーテース）（ラテン語faber（ファベル））の語源が単に「作者」で
あるように、古代高地ドイツ語scuof, 古代英語scop（cf.
ドschaffen創造する）も創造者、すなわち詩人であった。
民族や地域により bard（バード）（ケルトの吟遊詩人）、skáld（スカルド）（北
欧の宮廷詩人）、scop（スコップ）（アングロサクソンの宮廷詩人）、
troubadour（トルバドゥール）（12・13世紀の南フランス、北イタリアの抒
情詩人）、trouvère（トルーヴェール）（中世の北フランスの吟遊詩人）があ
る。チョーサーもmakerを詩人の意味に用いている。
鍛冶屋（p.59）参照。

時代（age: Zeitalter, GD 1, DM 661）神話時代にはミル
クとハチミツが流れる祝福のパラダイスがあり、畑は耕
作も播種もなく実を結ぶ。そのあとに黄金時代、銀の時
代、青銅の時代、鉄の時代が続く。エッダの神々の黄昏（たそがれ）
（宇宙の滅亡）の際手斧の時代、剣の時代、風の時代、
オオカミの時代（skeggöld, skálmöld, vindöld, vargöld）
のあと人間の時代（veröld）が来る。この最後がworld,
Weltの語源である（öld='old'）。ギリシアには黄金時代、
銀時代、青銅時代、鉄器時代があった。J.Grimmの『ド
イツ語の歴史』はZeitalter und Sprachen（時代と言語）
から始まる。

死神の使者（Death's Messengers; Die Boten des Todes,

KHM 177) 死神が路上で巨人に出会いました。死神が止まれと命令すると、逆に巨人に打ち倒されてしまいました。死神が活動をやめてしまっては大変です。幸い、若い男が通りかかって、水を飲ませて生き返らせました。死神は感謝して、お前には死ぬ前に使者を送って予告してやる、と約束しました。そこで、男が死ぬ前に、熱や目まいや痛風や耳鳴りがしました。これは死神からの予告なのです。

死神の名づけ親（The Godfather Death; Der Gevatter Tod, KHM 44）貧しい男に12人の子供がいました。13番目が生まれるとき、名づけ親に死神を選びました。神様は金持ちにさらに富を与え、貧乏人を飢えさせて不公平だし、悪魔はいやだ。しかし死神は富める者も貧しい者も平等に扱ってくれる、と思ったからです。死神は子供に世界一の名医になる贈り物（薬草：ド Kraut, 英 herb）を与えました。

ジメリ山（Simeli-Mountain; Simeliberg, KHM 142）お金持ちの兄と貧乏な弟がいました。弟が荷車を引いて森を通ると、見かけない山がありました。隠れていると、12人の盗賊が来て、「ゼムジの山、ひらけ！」と言いました。すると山が開いて、盗賊どもは中へ入り、やがて袋を担いで出てきました。「ゼムジの山、しまれ！」というと、山は閉まり、盗賊どもは立ち去りました。弟も同じようにすると、山の中には金貨や宝石が山のように積まれているではありませんか。その日から弟は家族にも十分に

食べさせてやれるようになりました。兄はこのことを知って、真似をしましたが、中から出てくるとき、山の名前「ゼムジ」を忘れてしまって、盗賊どもに捕まり、首をはねられてしまいました。［注］話の筋がアラビアンナイトに似ており、山の名はSimeliもSemsiもある。

修行を終えた猟師（The Experienced Huntsman; Der gelernte Jäger, KHM 111）修行を終えた若者が空気銃を貰いました。撃てば必ず当たる、ふしぎな銃です。若者は三人の巨人を倒し、魔法にかけられていた王女を救い出しました。ところが、そばでこれを見ていた王様の隊長（目っかちの醜男）が、自分がやったと言いはるのです。しかしその証拠（巨人から切り取った三枚の舌）を出すことができず、うそをついたかどで処刑されました。王女は若者と結婚し、若者の両親も一緒に幸福に暮らしました。

十進法（decimal system; Dezimalsystem, DG 1,680f.）ゲルマン諸語は、印欧語一般と同様、十進法で、$20 = 2 \times 10$, $30 = 3 \times 10$, $40 = 4 \times 10$と表現する。twen-ty, thir-ty, for-ty, zwan-zig, drei-ssig, vier-zig...「百」「二十進法」も参照。

十二使徒（The Twelve Apostles; Die zwölf Apostel, 子供のための聖者伝, 12）イエス・キリストが生まれる三百年前のこと、ある母親に12人の息子がいました。一家はとても貧しく、母親は神様の加護を祈りながら息子を一人一人世に送り出しました。長男ペテロは小天使に導かれ、揺りかごに三百年眠り、救世主が生まれると、目を覚ましました。後に続く11人の弟も同じです。これが十二使徒と呼ばれる

キリストの弟子です。（ハクストハウゼン家より）

十二人の兄弟（The Twelve Brothers; Die zwölf Brüder, KHM 9）偏屈な王様のために、12人の王子がお城を出て、森の中で暮さねばなりませんでした。13番目に生まれたのが王女だったからです。王女は大きくなってから初めて12人の兄がいたことを知り、探しに出かけました。そして、森の中で、無事に会うことができて、兄たちと妹はどんなに喜んだことでしょう。姫は食卓を飾ろうと思って、庭に咲いている12本のユリの花を折ると、兄たちはカラスに姿を変えられてしまいました。その魔法を解くには、7年間、誰とも話をしてはいけない、笑ってはいけない、というのです。狩猟に来た王様に発見され、お城に連れて行かれて結婚しました。しかし、王様の母はわるい人で、口のきけない、笑わない、不気味な嫁にいじわるし、最後には火あぶりにされそうになりました。ちょうどそのとき、期限の7年が過ぎて、兄たちはもとの姿を取り戻すことができ、姫も潔白を証明することができました。

十二人の猟師（The Twelve Hunters; Die zwölf Jäger, KHM 67）王子にはもう心に決めたお嫁さんがいて、おたがいに愛し合っていました。しかし、王様が臨終の際に、息子に言うのです。「私が決めた王女と結婚しておくれ」と。息子は、しかたなく、その王女との結婚を承諾しました。王様は亡くなり、王子が王様になりました。さあ、約束したお嫁さんは黙っていられません。自分と11人の少女の全部で12人が男装し、猟師となって、昔の恋人の城

に赴き、そこで王様の猟師として仕えることになりました。
そして、最後に、約束の王子と結婚することができました。

樹木と動物（Trees and Animals; Bäume und Tiere, DM
539）異教時代には自然界の万物が人間と同様に生命をもち、話すことができた。動物も植物も人間のように愛を感じることができた。ゲルマン民族においては樫（oak, Eiche,
ラテン語quercus）が神木と見なされ、神性が宿ると信じられていた。北欧神話においてはトネリコ（ash, Esche, 古代ノルド語askr）がオーディンの木であり、宇宙を支える樹木であった。神木のある森は神聖であり、その木や枝を切ることは禁じられていた。スイレン（lotus, Seeblatt）はインドやエジプトでは神聖な植物である。神に仕える動物には馬、カラス、クマ、キツネ、白鳥などがある。オーディンの馬スレイプニル（Sleipnir）は空と陸と海を駆ることができる。オーディンの両方の肩に二羽のカラスが止まっていて、9つの世界を飛びまわり、出来事を伝える。クマはタブーとして「褐色の動物」とか「蜜を食べる者」と言い換える。キツネは、日本では守護神、稲荷、とドイツの東洋語学者クラプロート（Julius von Klaproth, 1783-1835）が
Journal Asiatique（décembre 1833）に引用している。白鳥は予言の能力をもっている。『ガチョウ番の娘』KHM 89 の馬ファラダ（Falada）は人間の心と言葉を理解することができ、王女の危機を救うことができた。

寿命（The Duration of Life; Die Lebenszeit, KHM 176）神様は万物を創造したあとで、生き物の寿命を30年に決め

115

ようと思い、全員、山に集合させました。お前たちの寿命を30年に決めるぞ、と言うと、ロバもイヌもサルも、そんなに長い間、人間に仕えるのはいやです、報酬に貰うのは蹴られたり叩かれたりです。もっと短くしてくださいというのです。神様は、なるほど、と思って、ロバは18年、イヌは12年、サルは10年に決めました。最後に人間がやって来ました。お前は30年でよいか、と尋ねると「それは短すぎます。もっと長くしてください」。そこで神様は30年にロバの18年、イヌの12年、サルの10年を加えて70年と定めました。こういうわけで、人間の最初の30年は、本来の人間の年齢で青春時代、次の18年は家族のために馬車馬のように働くロバの年齢、次の12年は盛りを過ぎて、家の隅でイヌのように暮らし、次の10年はもうろくなって、サルのように子供や孫に笑われながら過ごすのです。

　［注］この原型は西暦2世紀のギリシアの童話作家バブリオス（Babrios）にある。

狩猟魔のハンス（Hans Hunting Devil; Jagenteufel, DS 310）絞首刑に値するような重罪を犯した者は、死後、頭を腕の下に抱えて、さまよわねばならない、と信じられている。1644年、ドレスデンのある婦人が日曜日の朝、カシの実を拾いに近くの森へ行った。消えた水（the lost water, das verlorne Wasser）と呼ばれる場所の近くで、狩人の角笛が聞こえて、木が倒れたような音がした。婦人は驚いてカシの実の入った袋を茂みの中に隠した。ふたたび角笛が鳴るので、見ると、頭のない男が、灰色の上着を着て、灰色

116

の馬に乗っている。幸い、静かに立ち去った。9日後、カシ
の実を採りに同じ場所に来て、林務官山（Försterberg）で
腰をおろし、リンゴをむいていると、うしろから声がした。
「カシの実はたくさん採れましたか。担保をとられませんで
したか?」「いいえ、林務官さまは敬虔な方です」と返事し
て振り向くと、同じ男が、同じ灰色の上着を着て、しかし、
今回は、馬に乗らず、頭を抱えて立っていた。そして身の
上を語り始めた。130年前、私はこの世に生きていました。
私は父と同じ名前で、狩猟魔のハンスといいました。生前、
父は私によく諫（いさ）めて言いました。「貧しい人々に、つらくあ
たるな」。しかし私は父の言葉を風に流し、宴会に明け暮れ
し、悪事も重ねました。ですから、私は呪われた亡霊と
なって、徘徊せねばならなくなったのです。

状態変化（removal; Entrückung, DM 794）呪い、変身、
蒸発がある。呪いは本来の姿を失うが、条件により原状を
回復できる。蒸発は自らの意志で行うが原状に復しうる。
①呪い（curse, Verwünschung）美の女神ウェヌスはキリ
スト教の時代になると呪われてフラウ・ウェヌス（Frau
Venus）となり、魔女としてウェヌスベルク（Venusberg）
の山中に引きこもり、タンホイザーを誘惑する。
②変身（transformation, Verwandlung）『キャベツのロバ』
（KHM 122）の魔女とその娘はキャベツを食べたらロバに
なってしまったが、別のキャベツを食べたら、もとに戻った。
『イバラ姫』（KHM 50）は魔女のために眠りにつくが、100
年後王子のキッスによって目覚める。ハウフの童話『大き

い鼻の小人』は魔法使いのために美しい少年から醜い大きな鼻の小人に変形されてしまうが、美しい王女にめぐりあって、もとの姿を取り戻す。北欧神話のオーディンは詩の蜜酒を盗むためにヘビに化けて地下の洞穴に潜り込み、蜜酒を飲んだあと、タカに化けて、神の国に持ち帰り、その後でもとの姿に返った。

③蒸発（disappearance, Verschwinden）エペソスの七名のキリスト教徒が迫害されて岩穴に閉じこもるが、200年眠ったのち、キリスト教化されたローマに戻った。

食卓の魚（The Fish on the Table; Der Fisch auf der Tafel, DS 383）東ゴートの王テオドリック（Theodorik, 475-526）は長い間名声と栄光を享受しながら、ローマを統治したが、晩年に、羨望者の中傷を信じて、忠実な部下のシュンマコス（Symmachus）と賢者ボエティウス（Boethius）を処刑させ、その財産を没収させた。その数日後、テオドリックが食卓についていると、部下が大きな魚の頭を持ってきた。見ると、その頭は処刑したシュンマコスの頭に似ていた。歯が下唇を噛み、目をまげて睨むように見上げていた。王は驚いて、悪寒に襲われて、ベッドに引きこもった。そして彼の犯した非行を泣いた。そして間もなく死んだ。事件を調査せずに、シュンマコスとボエティウスを処刑したのは、彼が犯した唯一の不法行為であった。

叙事詩（Epos）J.Grimmは論文「フィンランドの叙事詩」1845の中で詩を抒情詩、叙事詩、劇詩の三種に分け、叙事詩を民族叙事詩（Volksepos, Heldeneposともいう）と芸術

叙事詩（Kunstepos）に分けている。民族叙事詩と芸術叙
事詩は、ともに建国のための王や英雄の事績（Taten, ラテ
ン語 gesta, gerō「行う」の過去分詞中性複数）を歌う。民
族叙事詩は長い年月をかけて民族がみずから作詩するもの
であり、芸術叙事詩は一人の詩人が伝承をもとに彫琢
（ちょうたく）をこらして叙事詩に歌いあげたものである。
ホメーロスの『イーリアス』や『オデュッセイアー』は前者、
ウェルギリウスの『アイネーイス』やダンテの『神曲』は後
者とされる。しかし詩人の創造性（個性）が、どの程度関
与しているかにより、区分は必ずしも明確ではない。

　J.Grimm はフィンランドの民族叙事詩『カレワラ』Kale-
vala(英雄カレワの国). Pohjo-la 'dark-land', Tuone-la 'death-
land', ravinto-la 'food-land, restaurant' のように -la は「国」
を表す。ラテン語の -ia, Italia, Hispania, Gallia, Germania
などの -ia のように。カレワラの登場人物ワイナモイネン、
イルマリネン、レンミンカイネン、アイノ、サンポなどの
民俗学的な考察を行っている。この論文は学会に衝撃を
与えたようで、直ちに、スウェーデン語訳、ロシア語訳が
出た。主人公 Väinämöinen はフィンランド建国の王で、
生まれながらにしてハープの名手。Ilmarinen は鍛冶屋で天
空を作った。Lemminkäinen は冒険家。Aino は清純な乙女
でワイナモイネンに求婚される。Sampo は魔法の碾（ひ）き臼で、
ほしいものが何でも出てくる。『カレワラ』は Elias
Lönnrot 編 1835, M.A.Castrén（カストレン）によるスウェーデン語訳
(1841)、フィンランド語増補版 1849, 森本覚丹訳（岩波文

庫3巻, 1937)、小泉保訳（岩波文庫2巻, 1976）がある。
平易な読み物として小泉保編訳『カレワラ物語−フィンラ
ンドの神々』岩波少年文庫2008がある。

　J.Grimmはさらにフィンランド語とゲルマン語の言語学
的な関係を論じ、フィンランド語kulta（金）, miekka（剣）,
runo（歌）, äiti（母）とそれに対応するguth, meki, runa（秘
密）, aitheiの関係を同系（cognate, verwandt）としたが、
これはゲルマン語からフィンランド語への借用（loan,
Entlehnung）とするのが正しい。フィンランド語における
ゲルマン語からの借用語研究は、その後、Vilhelm
Thomsenの『ゲルマン諸語がフィンランド語に及ぼした影
響。言語史的研究』Den gotiske sprogklasses indflydelse
paa den finske. En sproghistorisk undersøgelse.
Copenhagen（1869）により、J.Grimmのあげた例の若干は
捨てられたが彼の関心と研究の広範さを示している。

白雪姫（Little Snow White; Sneewittchen, KHM 53）待
望の赤ちゃんは雪のように白く、血のように赤い、黒檀のよ
うな黒い髪の、かわいい女の子でしたので、白雪姫と名づ
けられました。お気の毒に、お母さんの王妃はまもなく亡く
なり、王様は新しい妃を迎えました。この妃は自分よりも美
しい女性がこの世にいることに我慢ができません。ふしぎ
な鏡を持っていて、「鏡さん、鏡さん、この国で一番美しい
のはだれ？」（Spieglein, Spieglein an der Wand, wer ist
die Schönste im ganzen Land?）と尋ねると、「女王様、あ
なたがこの国で一番美しい」と答えました。しかし、白雪

120

姫が7歳になると、「白雪姫のほうが千倍も美しい」という
ではありませんか。これには、とても我慢できません。妃
は猟師を呼んで、白雪姫を森に連れて行って、殺しておし
まい、と命じました。猟師は森に連れて行ったのですが、
かわいそうに思って、逃がしてやりました。白雪姫は七人
の小人と森の小屋で暮らしていましたが、魔法の鏡で、白
雪姫がまだ生きていることを知り、お妃は物売りの老女に
化けて、何度も殺害を試みますが、そのつど小人に助けら
れます。が、最後に毒リンゴを食べて死んでしまいました。
しかし狩猟に来た王子様が彼女を抱き上げると、ノドにつ
かえていた毒リンゴがポロリとはずれて、白雪姫は生き返
ることができました。

　あの殺人鬼の王妃に対する罰は？　白雪姫と王子様の
結婚式に彼女も招待されました。まさか、ずっと昔に死
んでいたと思っていた、あのにくい白雪姫がまだ生きて
いて、その結婚式だというではありませんか。あまりに
もの腹立たしさに、立ちすくんでしまいました。その両
足に、真っ赤に焼けたダンスの靴が差し出され、それを
履いて、倒れるまで踊り続けねばなりませんでした。

　［注］Snee-witt-chen は低地ドイツ語の要素（snee 雪,
witt 白）が混入しているので、標準ドイツ語で書くと
Schnee-weiss-chen となる。

白い花嫁と黒い花嫁（The White and the Black Bride;
Die weisse und die schwarze Braut, KHM 135）ある女
が自分の娘と継娘を連れて野原を歩いていました。そこに

貧しい身なりの乞食（実は神様なのです）が通りかかって、村への道を尋ねました。女は「自分で探せ」と言い、娘は「道案内を連れてくればよいのに」と言いましたが、継娘は「私がご案内いたしましょう」と言って、連れて行きました。神様は女と娘を、夜のように黒い顔と身体にかえ、継娘には三つの願いごとを授けました。継娘は太陽のように美しい身体と、からにならないお財布と死後の祝福をお願いしました。その後、兄の仲介で王様と結婚することが決まりましたが、お城へ向かう途中で、黒い花嫁が白い花嫁を馬車から突き落とし、本物の花嫁になりすましました。黒い花嫁を見て、王様は憤慨しましたが、にせ者と分かり美しい白い花嫁と結婚することができました。

白いヘビ（The White Snake; Die weisse Schlange, KHM 17）白いヘビの肉はとてもおいしいそうです。王様はいつも、食事のあとで壺を持って来させて、誰もいないのを確かめると、中からヘビを取り出して、その一切れを食べ、たぐいない知恵者になっていました。家来の少年は、ある日、こっそり、その一切れを食べてみました。すると、鳥や獣の言葉が分かるようになりました。少年は王様から馬と旅費を貰い、諸国漫遊の旅に出ました。途中で魚、アリ、カラスを助け、最後に王女と結婚しました。

［注］北欧の『ヴォルスング族のサガ』（Volsunga saga, 13c. 末）第19章でシグルドが龍の心臓を食べると、動物の言葉が分かるようになり、剣の鍛え方を教えてくれた師匠レギンが自分を殺そうとしていることを知った。

神官、司祭、牧師（priest; Priester, DM 72）語源のギリシア語 presbúteros は「より年上の者、長老」の意味。神の意志を伝え、人間の願いを伝える者（minister deorum）であり、神に仕える敬虔な者はゴート語 gudja（< guþ 神, -ja は fisk-ja「漁師」と同じく人をあらわす）、ギリシア語 hiereús（神聖な者）であった。古代ノルド語 godi（神官）はラテン語の pontifex にあたる。古代ノルド語では予言を行なう者は völva（巫女, みこ）と呼ばれた。völva は杖（völr, ゴート語 walus）を持つ者の意味で、杖を持ち、人間の世界を歩く。『巫女の予言』p.186 参照。

神殿（temple; Tempel, DM 53）temple の語源のラテン語 templum（< tempulum < tempus, ギリシア語 témnō 'cut'）は「区切られた小さな場所」の意味だった。ゴート語の神殿は alhs（女性名詞）というが、これはユダヤキリスト教の naós または hierón（hierós 神聖な）を訳したものである。のちに用いられるようになる church（教会、ドイツ語 Kirche）はギリシア語 kūrikakòn dôma「主の家」の dôma「家」が省略されて kūrikakón「主の」が church となった。「教会」は gudhus（Gotteshaus, 神の家）と訳された。temple のある森は hain（神聖な森、神苑）であった。古代ノルド語では hörgr（'heiligtum' 神聖, 神聖な場所）と呼ばれた。ノルウェーの首都 Oslo は「神の森」（áss 神, ló 森）の意味。ló「森」はラテン語 lūcus「神苑」と同源で、Waterloo（ワーテルローの戦い, 1815）は「湖の森」の意味。

神明（しんめい）**裁判**（Divine Judgment; Gotteskampf,

-urteil, DS 542）人間の罪や訴えを神が裁く。『白鳥の騎士』（ブラバントのローエングリーン）で、ブラバントの公爵令嬢エルザはフリードリッヒに結婚を迫られて困り果て、神明裁判を受けることになった。彼女は自分のために戦ってくれる騎士を探さねばならない。そのとき彼女を救うために現れたのが、白鳥の船に乗ってライン川を下って到着した白鳥の騎士ローエングリーンだった。p.161.

[す]

水車小屋に住みついた精（The Hobgoblin of the Mill; Der Kobold in der Mühle, DS 74）二人の学生がリンテルン（ニーダーザクセン州，ヴェーザー河畔の町）から徒歩旅行をした。途中で激しい雨に出会ったので、水車小屋に宿を乞うた。泊めてもよいが、小屋の中にある食事には手をつけるな、あれは家の精のために用意したのだから、と主人が注意した。しかし学生の一人が空腹に耐えかねて、その食事を食べてしまった。真夜中に家の精がやってきて、いつもの食事がないのを知るや、大いに怒り、暴れまわった。そして食べた学生を小屋中ひきずり回した。学生は勝負しろ、と剣を抜いて切りつけた。家の精はワッハッハと嘲笑を浴びせながら姿を消した。[注] Kobold「家 kob」の「精」-old＜walt「支配する者」。Koben「小屋」は英語の cove.

水晶の珠（The Ball of Crystal; Die Kristallkugel, KHM 197）三人の兄弟がいました。母親は魔女だったのですが自分の勢力が奪われることを恐れて、長男をワシに、次男をクジラに変えてしまいました。三男だけはかろうじてこ

の難を逃れ、黄金の太陽城（Castle of the Golden Sun, Schloss der goldenen Sonne）に出かけました。目的は魔法にかけられて囚われている王女を救い出すことです。そのためには野牛を殺し、そこから舞い上がる火の鳥を撃ち殺し、その中から落ちる炎に包まれたタマゴを受け取ってタマゴの中にある水晶の珠を取り出さねばなりません。この珠が魔女の生命なのです。三男は兄のワシとクジラの協力を得て、この生命を手に入れ、王女を救い出しました。そして、兄二人も、もとの姿を取り戻すことができました。

スカルド詩（GD 530, skáldskaparmál）エッダ、サガと並んで、古代アイスランド文学の主要な文学的ジャンル。スカルド（skald <*skwe-tlo-語る人）はpoet-singer（詩人で吟唱者）であり、王や貴族の功績を語る。北欧神話の知識を前提とし、難解。有名な詩人は、みずからヴァイキングであったエギル（Egill, c.910-c.990）で、その生涯を描いた『エギルのサガ』がある。詩『首の代償』（Höfuðlausn）は一晩で作り、そのために王から死刑を免れた。

鋤を曳く男（The Man Yoked to the Plow; Der Mann im Pflug, DS 537）ロートリンゲン州のメッツ（Metz）にアレクサンダーという名の高貴な騎士が、美しい貞淑な主婦フロレンティーナと暮らしていた。彼は聖墓（キリストの墓）への巡礼を思い立ち、妻に相談すると、夫の決意が固いのを知った。妻は赤い十字架のついた白いシャツを作りこれを着るようにと渡した。夫はこれを着て出発したが、目的地に近いところで、他の巡礼者の仲間とともに異教徒に捕

えられ、鋤に繋がれてしまった。巡礼者たちは笞（むち）
を受けながら、畑を耕さねばならなかった。身体から血が
出た。しかしアレクサンダーだけは、妻の白いシャツを着
ていたので、雨にも汗にも血にも汚れなかった。ふしぎに
思ったスルタン（イスラムの王）は奴隷の名と素性と、そ
のシャツを誰から貰ったかを尋ねた。アレクサンダーは
シャツを自分の貞淑な妻から貰ったこと、白いのは彼女が
自分への忠誠と貞淑を守っているからだと告げた。これを
聞いて、スルタンは臣下をメッツに遣わし、騎士の妻を誘
惑させて、シャツの色が変わるか見ようとした。使者は
ロートリンゲンに到着して、婦人の住居を探りあてた。そ
して、彼女の夫が異国で惨めな生活を強いられていること
を告げた。彼女は非常に悲しんだ。使者は持参したお金で
誘惑したが、貞淑のために、目的を達することができな
かった。フロレンティーナは男装の巡礼服を着て、ハープ
を携え、その異教徒のあとを追った。ヴェニスでその男に
追いつき、男に変装していたので、見破られぬまま、一緒
に、スルタンの宮殿に着いた。彼女は美しい音楽を奏でた
のでスルタンはたくさんの贈り物を提供したが、彼女はそ
れを辞退し、代わりに、奴隷の一人を解放してほしいと頼
んだ。鋤につながれた愛する夫を発見し、彼を貰い受けた。
彼女は身分を明かさずにドイツへ一緒に旅をし、メッツに
着く二日前に巡礼者（彼女）はアレクサンダーに言った。
「兄弟よ、ここでお別れしましょう。記念にあなたのシャツ
の一切れをくださいませんか。シャツの奇跡についてうわ

126

さをトルコで聞きました。それをほかの人にも語りたいのです」。妻は近道をして、夫より一日早く自宅に帰り着いた。巡礼服を脱いで、いつもの婦人服に着替え、夫を待った。夫は妻が一年間不在にしていたことを友人から聞いたが、真相を知って、無事の再会を喜んだ。[注] Lothringen（フランス名ロレーヌLorraine）はラテン名Lotharii regnum＜Hlodhar＜hlod-hari 名声の軍。-ingenは種族名の複数与格（cf.Göttingen, Tübingen）。Metzは1871-1918ドイツ領だったが、今はフランスの都市で、メスと読む。ガリア種族Medio-matriciより。同じキリスト教美談が『ゲスタ・ローマーノールム』Gesta Romanorum（ローマ人の事績）にもある。題は、もっとよいものがあると思うが。

スキョルド（Skjöldr, DM 305）オーディンの息子で、デンマークの英雄の先祖。古代ノルド語で「楯」の意味（shield, Schild）。古代英詩『ベーオウルフ』（8世紀）に登場する。貨幣単位シリングはshieldの派生語で「小さな楯」の意味。

スズメと四羽の子供（The Sparrow and his Four Children; Der Sperling und seine vier Kinder, KHM 157）羽が生えたばかりの、まだ小さな四羽の子スズメは、いたずらっ子のために、親スズメと離れ離れになってしまいました。父親は子供たちに、この世のさまざまな危険について教えることができなかったので心配していました。ところが秋になって小麦畑で偶然、親スズメと子スズメたちが再会できたのです。父親は喜んで、夏の間どこでどうやって露命をつないでいたのか尋ねました。一番上はほうほうの庭にいて、毛虫やイモムシを

127

食べていました。二番目は御殿にいて、三番目は往来にいて、四番目は教会堂にいて、それぞれくふうして生きてきたのです。

スノリのエッダ（Snorra Edda, GD xxviii Die Edda）散文のエッダ（Prose-Edda）の著者スノリ・ストゥルルソン（Snorri Sturluson, 1178-1241）の作。エッダ²を参照。

スレイプニル（Sleipnir, DM 128）北欧神話のオーディンの馬で、8本の脚をもち、空中、陸地、海を疾駆することができる。ロキ（Loki）は牝馬に化けて牡馬との間にこの馬を生んだ。英slipと同源で「滑るように走る者」の意味。

[せ]

聖なる泉（The Holy Wells; Die heiligen Quellen, DS 103）スイス独立の誓いがリュトリ（Rütli）で行われたとき、突然、聖なる泉が湧き出た。連邦（Bund）の誓いを裏切った者は口と鼻から火が噴き出して、その人の家も燃えた。

聖母の杯（The Little Glass of Virgin Mary; Muttergottesgläschen, KHM 207, 子供のための聖者伝7）ワインを一杯に積んだ荷車が道の窪みに落ち込んで困っていました。そのとき、聖母マリア様が通りかかり、「のどが渇いています。ワインを一口くださいませんか」とマリア様が言って、コップに似た白い花を差し出しました。車引きは喜んでワインを花のコップに注ぎました。すると荷車は窪みから抜け出すことができました。それ以来、この花は聖母マリアの小さなさかずき（Gläs-chen）と呼ばれます。

セームンドのエッダ（**エッダ¹**を参照。Saemundar Edda, GD 529）J.Grimm は北欧神話の典拠を「セームンドのエッ

ダ」としている。詩のエッダ（Poetic Edda, Lieder-Edda）ともいう。Sæmundr Sigfússon（1056-1133）はパリに留学し、博識のセームンド（Saemund the Wise, ラテン語 Saemundr multiscius）と呼ばれる。レイキャヴィクにあるアイスランド大学の通りは「セームンド通り」という。

仙女、巫女（fairies; weise Frauen, DM 328）予言を行ない、神のような名望を享受した。エッダの中の『巫女の予言』に登場する巫女（völva）は巨人族の血をひいているので、オーディンよりも博識で、遠い過去を語り、神々の未来を予言することができる。『ニーベルンゲンの歌』ではライン川の白鳥の乙女（Schwanenmädchen）がフン族の国（Hunnenland）に赴くニーベルング一族が全員死ぬことを予言し、的中する。『イバラ姫』KHM 50では12人の仙女がイバラ姫に美、徳、富などの贈り物を授ける。

［そ］

そっくりの人物（The Double; Doppelte Gestalt, DS 259）ある貴族のところに旅人が立ち寄った。その貴族は長い間虚弱と虚脱の状態から抜け切れないでいた。旅人が言うには「あなたは魔法をかけられているのです。あなたをこのような目にあわせている女を連れてきましょうか」。「お願いします」と貴族が答えた。「明朝、あなたの家に来て、かまどに火をおこし、自在鉤を手で掴んでいる女が犯人です」と旅人が言った。翌朝、近所に住んでいる家来の妻が来て、旅人が予言した通りのしぐさをした。貴族は、そ

の婦人が敬愛すべき、敬虔な女性であることを知っていたので、自分に対して悪事を働くはずがない、と思った。そこで貴族は召使いをその婦人の住む家に行かせ、彼女が在宅しているかどうかを探らせた。召使いがその家に行って見ると、婦人は麻を梳いていた。召使いは婦人にすぐ主人のところへ来るように頼んだ。彼女が主人の家に来ると、先ほどの女は幽霊となって、広間から姿を消した。こうして貴族は悪魔のいたずらから救われたのだった。

［た］

大地の女神（Earth; Erde, DM 207）大地を表すゴート語áirþa、古代高地ドイツ語ërda、古代英語eorþe、古代ノルド語jörð、ギリシア語éra, gê、ラテン語terra、ロシア語zemljáなどみな女性で、天を表すゴート語himins、古代英語heofon、古代ノルド語himinn、ギリシア語ouranósが男性であるのに対している。北欧神話でJörðは巨人族の血をひく女で、オーディンとの間にトールを生んだ。印欧語民族の神話では母なる大地、父なる天（Mutter Erde, Vater Himmel）と呼ばれ、サンスクリット語mātā prthivī（母・大地）、ギリシア語Dēmêtēr（穀物の女神、dê=gê, 母なる大地）に見られる。

宝物が橋の上にあるという夢（The Dream of Treasure at the Bridge; Traum vom Schatz auf der Brücke, DS 212）ある男がレーゲンスブルクの橋に行くと金持ちになるという夢を見た。彼はそこへ行って、一日中、二週間も歩きまわるので、一人の裕福な商人が話しかけた。「何を

探しているんですか」。「レーゲンスブルクの橋へ行くと金持ちになるという夢を見たんですよ」。「夢はアワで、ウソ（Träume sind Schäume und Lügen）というじゃありませんか。私も夢を見たんですよ。「あの大きな木の下にお金の入った大きな釜があると」、と言ってその木を指した。「夢など当たるはずがない」と言って商人は去った。最初の男がその木の下を掘ると、大きな宝物を見つけた。夢は本当だったのだ。［注］Donald Wardの注によると、橋の上に宝ありという夢のお告げはヨーロッパのいたるところにあり、最古のものは1320年叙事詩 Karlmeinet に、また、アラビアンナイトにもある。十字軍が東洋から持参した。

　オランダ民話（Niederländische Märchen, von Josh van Soer, Fischer Taschenbuch, 1981）に「オーステルリッテンスの杭」（Der Pfahl von Oosterlittens）という民話がある。オーステルリッテンスの貧しい靴屋がアムステルダムの紳士橋（ヘーレンブリュッケ）に幸運が見つかるという夢を三晩続けて見た。妻がそんなのウソですよ、とやめるよう忠告したが、夫は出かけた。そこで三日間歩き回った。それを見ていた乞食が、わけを尋ねるので、夢の話をした。すると、乞食が言うには、「私も三晩続けて夢を見たんですよ。フリースランドのオーステルリッテンスの教会の向かい側にある靴屋の後ろの牧場の真ん中にお金の入った壺があるというんです。私はそんな夢は信じませんね」という返事。靴屋は、しめた！と、急いで郷里に帰ると、本当に宝物が見つかった。［注］J.Grimm, Kleinere Schriften

III. Abhandlungen zur Literatur und Grammatik, 'Der Traum von dem Schatz auf der Brücke' 414-428 に詳しい論考がある。Agricola（1494-1555）の『ことわざ750』（1534, 再版 Berlin 1971）に Trewme seind luegen （トロイメ ズィント リューゲン）（夢はウソ）とある。なお Regensburg は「雨の町」ではなく castra regina「王の町」が語源。

多妻（polygamy; Vielweiberei, DR 1,607）王侯貴族のみ例が知られている。クロータル（Chlothar）はアレグンディス（Aregundis）とイングンディス（Ingundis）という二人の姉妹と同時に結婚した。ハラルド（Haraldr）王はラグンヒルド（Ragnhildr）と結婚したとき7人の女と別れた。ヒョルヴァルド（Hjörvarðr）は4人の妻を持っていた。

立ち寄った小人（The Dwarf who Came to Visit; Der einkehrende Zwerg, DS 45）スイスのベルンにトゥン湖（Thun）があり、その湖畔の小さな村ラリンゲン（Rallingen）やシリング村（Schillingsdorf）について次の伝説が伝わっている。ある嵐の夜、疲労困憊した一人の小人が休ませてくださいと、あちらこちらで小屋のドアを叩いたが、誰ひとり開けてくれなかった。それどころか、あざけり笑ったのだ。村はずれに敬虔な老夫婦が住んでいた。小人は最後の頼みとばかりに弱々しく窓を叩いた。すると老主人は、すぐにドアを開けて、小人を迎え入れた。老夫人は、なけなしのパンとミルクとチーズを客に出した。一休みしたあと小人が外へ出ようとするので、夫人は、今夜は泊まってゆきなさいとすすめた。しかし小人は感謝して、辞退し

た。あの絶壁まで行けば、なんとかなります、と言って雨の中を出て行った。翌日、村々は人も家畜も家もすべて水中に没していた。助けてくれた老夫婦の家だけは無事だった。

魂（Souls; Seelen, DM 689）ドイツ語の「魂」Seele［ゼーレ］はSee（海）の派生語である（Paulのドイツ語辞典）。ヴァイキングは死後に魂は海に帰ると信じていた。ヴァイキングの家族と家来たちは、死体を船に載せ、海に返した。魂のラテン語anima, ギリシア語psūkhê は女性名詞、息のラテン語spiritus, ギリシア語ánemosは男性名詞。死後、魂は川を越えて冥土（underworld, Unterwelt）に運ばれる。Seele（ゴート語saiwala＜saiws「海」）の語源は「海に属するもの」（die zum See Gehörende）の意味である。

タンホイザー（Tannhäuser; Der Tannhäuser, DS 171）タンホイザーはモミの木（Tann）の家（haus）に住む人（er）の意味である。この伝説の主人公は高貴なドイツの騎士で、多くの国を遍歴したが、最後に魔女の山（Frau Venus' Berg）に行った。そこで、美しい女性たちに囲まれて、一年間、愉快に暮らした。だが、良心の呵責を感じて、ローマへの巡礼の旅を思い立った。魔女は彼を自分の部屋へ連れ込んで、引き止めようとしたが、彼が聖母マリアの名を叫ぶと、魔女はその手を離さねばならなかった。ローマに着いて、教皇ウルバヌス（Urbanus）に罪の許しを乞うた。教皇は答えた。「私が握っているこの枯れたステッキが緑に変わり、芽をふくようなことが起こったら、お前の罪は許されよう」。タンホイザーは打ちしおれて、

魔女の山に住む恋人のもとに、すごすご帰って行った。三日後、教皇のステッキは緑に変じた。教皇は、驚愕して、タンホイザーの行方を捜させたが、見つからなかった。

　［注］この伝説はワーグナーの同名のオペラで有名だが、実在のタンホイザー（c.1205-1270）は中世の宮廷詩人でオーストリアのフリードリッヒ公に1230-1270の間、仕えた。Frau Venus' Berg(ウェヌスの山)はヘッセン、チューリンゲン地方に数か所ある山の名である。Venus（ウェヌス）はローマ神話の美の女神であるが、キリスト教以後堕落した女神、魔女、小悪魔（Teufelin）として描かれる。

［ち］

小さなテーブルと黄金のロバと棍棒（The Table, the Ass, and the Stick; Tischchendeckdich, Goldesel und Knüppel aus dem Sack, KHM 36) 仕立屋の三人の息子が、それぞれ奉公に出かけました。長男は指物師（joiner, Schreiner）のところに弟子入りして、修行が終わったときに、小さなテーブルを貰いました。このテーブルは、ただのテーブルではありません。小さなテーブル（Tischchen）よ、布をかけろ（deck dich）と言うと、ひとりでに食事の用意ができて、ご馳走と飲み物が山のように出てくるのです。次男は粉屋（miller, Müller）に弟子入りして、卒業すると、金貨を吐き出す馬を貰いました。三男は轆轤（ろくろ）細工師（turner, Drechsler）に弟子入りし、最後に相手を死ぬほどぶんなぐる棍棒をもらいました。ところで、ご馳走の出るテーブルも金貨を吐き出す馬も、故郷に帰る途

中の宿屋で盗まれてしいました。最後の棍棒が死ぬほど主人をぶったたきました。主人は「ごめんなさい。私が全部盗んだのです。お許しください」と言って、両方とも返してくれました。父と息子三人は楽しく一緒に暮らしました。

［注］指物師SchreinerはSchrein（棺）を作る人の意味。

忠臣ヨハネス（Faithful John; Der treue Johannes, KHM 6）老いた王様が「王子にあの部屋だけは見せないでくれ」と忠実な家来のヨハネスに言い残して、亡くなりました。しかし、ヨハネスがちょっと留守にしたとき、王子は禁を破って見てしまったのです。その部屋で見たものは、世にも美しい王女さまの絵でした。その絵を見たとたん、王子は気絶してしまいます。彼女は黄金のお城に住んでいる王女なのですが、実物は絵よりも美しいのです。たくさんの冒険ののち、二人はめでたく結婚することができたのですが、その代りヨハネスは全身が石になってしまいました。

［つ］

翼をもった言葉、名句（épea pteróenta, geflügelte Worte, DM 278）ギリシアの盲目の詩人ホメーロスの言葉。名句は、あたかも翼をもっているかのごとく、民衆の間に広まる。『イーリアス』の中に46回、『オデュッセイアー』の中に58回出てくる。単数はépos pteróenという。これをドイツのことわざ学者ゲーオルク・ビューヒマン（Georg Büchmann）がGeflügelte Worteと訳し、ことわざ・名句集（1864）の書名にした。北欧でもbevingede ord（ving 'wing'）と訳し、ロシア語でもkrylátye slová(kryló 'wing')

と訳して用いられるが、英語やフランス語にはこの表現がない。ギリシア語の例：pánta rheî（万物は流転す。ヘロドトスの言葉）；ラテン語の例：in vīnō vēritās（ワインの中に真理あり。アルカイオスの言葉）。

［て］

手をなくした少女（The Handless Maiden; Das Mädchen ohne Hände, KHM 31）父親がうっかり悪魔に約束してしまったので、娘は両手を失ってしまいました。しかし彼女は美しい敬虔な娘でしたので、王様に気に入られて、結婚しました。王様が戦争に出かけている間に、またもや悪魔の策略で、生まれたばかりの息子と一緒に、お城を去らねばなりませんでした。戦争から7年ぶりに帰った王様は、愛する妻子を探し求めて7年間放浪し、ついにめぐり会うことができました。敬虔さのゆえに、神様は彼女にもとの両手を返してあげました。

鉄のストーブ（The Iron Stove; Der Eisenofen, KHM 127）王子が魔女に呪われて、森の中の鉄のストーブの中に閉じ込められました。ある日、道に迷った王女が、そばを通りかかると、中から声が聞こえます。「どうか助けてください。森から出られる道を教えてあげますから」と。王女がどうすればいいのですか、と尋ねると、小刀を持ってきてこの鉄を削って、穴をあけるのです」と王子が中から答えました。王女は一刻も早くお城へ帰りたかったので、その約束をしました。いやいや戻って来て穴をあけると、中には美しい王子様がいるではあり

ませんか。二人が喜んで結婚したことは、いうまでもありません。[注]「ほら、ハツカネズミが来ましたよ。お話はおしまい」（Da kam eine Maus, das Märchen ist aus）は結句として好んで使われる。Maus「ネズミ」とaus「おしまい」で脚韻を踏んでいる。

テュール（Týr, DM 160）古いドイツ語のZioにあたる。北欧神話の軍神で、オーディンの息子である。その複数形、古代ノルド語tívar「神々」は、ラテン語deus（印欧祖語*deiwos）と同根である。英語Tuesdayは「Tīwの日」の意味。Týrは神々を守るための担保として手を差し出し、フェンリス・オオカミ（Fenrisúlfr）に食いちぎられて片手（one-handed, einhendr）になってしまった。その名は地名Tiislunde（ユトランド半島、テュールの森）、Tistad（…の町）、Tisby（…の町）、Tisjö（…の湖）、Tyved（スウェーデン、…の森）に残る。

天空と星（heaven and stars; Himmel und Gestirne, DM 582）天空は神々の住家で、人間の世界である大地に降りて来ることができる。大きな功績をあげた英雄は天空に迎えられる。北欧神話においては、戦場で倒れた英雄たちがワルキューレによって天上のワルハラ（Walhall）に案内され、オーディンから歓待される。天蓋（heavenly canopy, Himmelsgewölbe）は原巨人ユミルの頭蓋から作られた。宇宙が暗黒になったとき、神々は小人に命じて天蓋に穴を開けさせて、星ができた（ストリンドベリの童話）。天体の主役は太陽、月、星である。ラトビア民話（lettische

Volksmärchen）では美しい太陽は妻、輝く月は夫、無数の星は二人の子供である。エッダにおいては太陽と月は姉と弟である。ドイツ語の太陽は女性、月は男性である。リトアニア民話では太陽（女性）が月（男性）と結婚し、暁の明星を生む。ラテン語とロマンス諸語の太陽は男性、月は女性（DG 3,351）。グリーンランドの月アンニガット（Annigat）が姉の太陽マッリナ（Mallina）を追いかける。

伝説（legend, Sage）歴史的事実に典拠し、具体的な年、場所、人名が明記されている場合が多い。詩人が外的形式を創造する場合がある。グリムのドイツ伝説は585話を収め、地域伝説（örtliche Sagen）と歴史伝説（historische Sagen）に分けられる。『ハーメルンの笛吹き男』や『タンホイザー』は前者に、『眠れる王』や『エギンハルトとインマ』は後者に属する。

伝説は決して滅びない（Sage vergeht nie ganz）die verbreitete, welche der Völker redende Lippe umschwebt: denn sie ist unsterbliche Göttin（Hesiod, 763）. 伝説は民衆の間に口から口へ伝えられて広まり、決して滅びない。それは不死の女神であるからだ、とグリム童話集の裏扉にあり。ヘシオドスは紀元前700年ごろのギリシア詩人。

天地創造（Weltschöpfung, DM 463）ギリシア神話では天地はカオス（Chaos, 混沌）から始まったが、北欧神話では天も地もなく、海も陸もなく、ギンヌンガガップ（Ginnungagap）という底なしの深淵（Schlund）から始まった。北から寒風が吹き、南から熱風が吹き、この裂け

目で両者が遭遇すると、氷が溶けて、ギンヌンガガップが埋まって氷原ができ、そこから最初の生き物アウドゥムラ（Auðumla）という牝牛が誕生し、原巨人ユミル（Ymir）が誕生した。その後、オーディン（Odin）、ヴィリ（Vili）、ヴェー（Vé）の三兄弟の神が誕生した。この三神がユミルを殺し、流れ出た血から海を、ユミルの肉体から陸地を、頭蓋で天空を、脳みそで雲を、まつ毛で山を作った。海岸に流れ着いたトネリコ（ash, askr）で人間の最初の男を、植物（embla）で最初の女を作った。北欧神話の特徴は天地創造のほかに宇宙滅亡があることである。p.35.

［と］

ドイツ英雄伝説（Deutsche Heldensage, 1829）Wilhelm Grimm 著。ニーベルンゲン、グドルーン、ディートリッヒ、ヴィーラントなどの伝説にあらわれる英雄たちの系譜と故郷、武器や馬を研究したもの。伝説の起源について歴史的な見方ではなく、神話的な見方をとっている。英雄は本来神であり、時代とともに人間の英雄に降格した。神々の事蹟が歴史的事件に転じた、とする。

ドイツ語（deutsch）グリムの『ドイツ語辞典』のdeutschには次のように記してある。形容詞、副詞。ラテン語形germanus, teutonicus, そのあと古代高地ドイツ語、中世高地ドイツ語の形が続き、ゴート語þiuda, 古高ドイツ語diot（民衆）の形容詞で、ラテン語に対して民衆語（gentilis, popularis, vulgaris）の意味で用いられる。

ドイツ語辞典（Deutsches Wörterbuch）Jacob と Wilhelm

Grimm が 1854 年に第 1 巻を出版した（Verlag von S. Hirzel, Leipzig）が、第 3 巻（Forsche まで）を刊行し終わったところで Jacob の死（1862）によって中断した。この辞典は Jacob と Wilhelm の執筆となっているが、Jacob は A,B,C,E,F（Forsche まで）を、Wilhelm は D を担当した。辞書はその後、大勢の専門家によって引き継がれ、1961 年、全 32 巻で完成した。1985 年グリム生誕 200 年に 33 巻のペーパーバックの廉価版が出版された。第 33 巻は資料索引。出版はミュンヘンのドイツポケットブック出版社。日本円で約 10 万円。グリムのドイツ語辞典の特徴は見出し語に①ラテン語訳が添えられている。これはドイツ語圏以外の人にも利用してもらいたいためである。②同系のすべてのゲルマン語の形が記されている。同系語の記載は Hermann Paul のドイツ語辞典（1897）や『オックスフォード英語辞典』（1884-1928）も同じである。リンゴの項目を見ると、apfel［男性；ラテン語 pomum］とあり、フリジア語、オランダ語、英語、スウェーデン語、デンマーク語などの語形が続く。このドイツ語辞典の第 2 版が 1998 年以後ベルリンとゲッティンゲンから分担で出始めたが、完成までに 100 年はかかりそうだ。

　田中梅吉『グリム研究（語学篇）』（矢代書店、京都、1947）によると、グリムのドイツ語辞典は、あまりに学究じみて、一般利用者には非実用的だ、言語学的に訓練された人が読むだけだろう。Ludwig Wurm（München）ルートヴィヒ　ヴルム
と Daniel Sanders が酷評した、とある。ザンダースはダニエル　ザンダース
『ドイツ語辞典』や『引用句辞典』（Zitatenlexikon,

140

1911）など、実用的な本を多数執筆し出版している。

ドイツ語の歴史（Geschichte der deutschen Sprache, 1848）J.Grimm 著。2巻（4版 Leipzig, A.Hirzel, 1880, リプリント G.Olms, Hildesheim 1970, xvi,1-392, 393-726pp.）時代と言語、牧童と農夫、家畜、タカ狩り、農耕、祝祭と月、信仰・法律・習慣から始まり、音韻特徴、ゲルマン諸民族、文法特徴42章からなる。

ドイツ語文法（Deutsche Grammatik）全4巻。J.Grimm 著。「ドイツの」で「ゲルマンの」を指しているので、内容はゲルマン諸語の比較文法となっている。第1巻（1819, lxxx+661pp.）は形態論のみで、この第2版（1822; 1870年版xxx+992pp.）に有名な**グリムの法則**とよばれる音韻法則が登場する。第2巻は語形成（1826; 1878年版xiv+991pp.）、第3巻も語形成（1831; 1890年版li+746pp.）、第4巻は統辞論（1837; 1898年版lvi+681pp., lvi-lxii+682-1314pp.）となっており、全体で4043頁に達する。全体を貫いている精神は歴史的叙述であり（これは Hermann Paul, 1846-1921, München, に受け継がれる）、また同時に対照的でもある。ここでグリムは Ablaut, Umlaut, Brechung, starke und schwache Declination und Conjugation などの用語を初めて用い、これらは、今日まで生きている。このうち Umlaut は Grimm よりも早く Johann Christoph Adelung の『ドイツ語文法』（Berlin, 1781）にある。川島淳夫訳『ドイツ語文法、18世紀のドイツ語』茨城, 2017.

　例：tag「日」の項にゴート語 dags, 古代高地ドイツ語 tag,

古代低地ドイツ語（古代サクソン語dag, アングロサクソン語dæg, 古代フリジア語deg), 古代ノルド語dagr, 中世高地ドイツ語tag, 中世低地ドイツ語dag...近代ノルド語（スウェーデン語dag, デンマーク語dag), 近代高地ドイツ語tag, 近代オランダ語dag, 近代英語dayの順序に格変化、複数変化が掲げられている。これらの例を見てJ.Grimmがゲルマン語の音韻推移（第二次音韻推移）に気づいた。第一次音韻推移はデンマークのラスク（Rasmus Rask, 1787-1832）が1814年に発見したギリシア語・ラテン語とアイスランド語との子音の比較である（グリムの法則, p.85)。

ドイツ神話学（Deutsche Mythologie, 1835）Jacob Grimm著。2巻、38章からなる。ゲルマン民族における神、巨人、妖精などの超自然物の起源と名称、動植物、天体、時の区分などを論じる。J.Grimmはドイツをゲルマン全体の意味に用い、書名はドイツ神話学であるが、内容はゲルマン神話学で、北欧神話も十分に扱われている。ゲルマン宗教学の先駆的な著作であり、フィンランド（1853）、ハンガリー（1854）、スラヴ（1864）に類書があらわれた。

ドイツ伝説（DS=Deutsche Sagen）2巻。グリム兄弟がオランダからスイスまでドイツ語域に伝わる地域伝説（1816, Nr.1-363）と歴史伝説（1818, Nr.364-585）を集めたもので、『クッテンベルクの三人の鉱夫』『ハーメルンの笛吹き男』『タンホイザー』『白鳥の騎士』などがある。

ドイツ伝説全集（Das grosse deutsche Sagenbuch）H.レレケ編（Heinz Rölleke, Darmstadt, 学術図書出版, 1996,

1019pp., DM 64.-）シュレスヴィッヒ・ホルシュタインから
オーストリア、スイス、ジプシーまで地域ごとに、計1181
話を収める。グリムのドイツ伝説からの130編を含む。

ドイツ法律故事誌（Deutsche Rechtsalterthümer 1828）
J.Grimm 著、2巻。第4版増補版 Leipzig 1899（Andreas
Heusler および Rudolf Hübner が校訂。xxx+675+723pp.）
フリジア法典、サリ法典（lex Salica）、ザクセン法鑑、ラン
ゴバルド法典、エッダ、サガなどゲルマン全域の資料から
身分（stand）、所帯（haushalt）、財産（eigenthum）、契
約（gedinge）、犯罪（verbrechen）、裁判（gericht）など
を論じる。「隣家の庭に落ちた果実は隣家のもの」
（Sachsenspiegel, c.1220-1235）；「殺害された者の死体は、復
讐を成し遂げるか、償いを受けるまでは、埋葬しないのが
ならわしだった」（Parcival, 51, 12）；「日本人は火による無罪
証明（feuerprobe）と潔白を証明する飲み物
（unschuldstrank）を知っている」という神明裁判（got-
tesurteil）に言及している（第6部, 8章）。古代ドイツ法は
ゲッティンゲン大学在学中からの関心事で、「法律と詩歌は
同じ場所から生まれた」（recht und poesie haben aus
einem bett gestanden）と言い、恩師ザヴィニー（Friedrich
von Savigny, 1779-1861, ヴィルヘルム・フォン・フンボルト
によりベルリン大学教授に招聘され、後に法務大臣）も
「民族の法律は人間の身体の一部だ」と言っている。J.
Grimm は『ドイツ語文法』第1巻と第2巻の執筆で精力を
消耗した（anstrengend）ので、そのあと、気晴らしにこれ

を執筆し、楽しかったと記している（1854）。

頭韻（Alliteration, DR）英語のslow and steady（ゆっくりでも着実に）とか日本語の「菊と刀」（k-iku, k-atana）のように語頭の音が同じ句を指す。用語のalliterationはラテン語ad-litera（文字を合わせる）からきている。KHMから例を拾うとüber Stock und Stein（野越え山越え）KHM 57『金の鳥』；er hatte wenig zu beissen und zu brechen（木こりは噛んだり、砕いたりするものを少ししか持っていなかった、食べるパンを持っていなかった）KHM 15『ヘンゼルとグレーテル』。脚韻（Reim, p.69）に対す。

童話と伝説の相違（Märchen und Sage）メルヘンは形式も内容も詩人の想像力の創造（Schöpfung der Phantasie）であるのに対し、伝説は歴史的事実（現実または想像上の）に典拠し、詩人が外的形式を創造したものである（C.H. Tillhagen 1964, in L.Petzoldt, Sagenforschung, Darmstadt）。グリム兄弟は「童話は詩的、伝説は歴史的」（Das Märchen ist poetisch, die Sage historisch）と述べている（『ドイツ伝説』序文, 1816）。

トール（Thor, DM 138）英Thunder, ドDonar. 北欧神話の雷神トールはオーディンの息子で、巨人族を倒すハンマー（ミョルニル, Mjöllnir）を持っている。人間が住むミッドガルド（Midgard, 中園）を守っている。農耕の神でもあるので、農民の間で広く崇拝され、Thorを含む地名がOdinよりも多い。スウェーデンの島ゴットランド（Gotland, ゴート人の国）にあるThorsborgはトールの町、

フェロー諸島の首都Thórshavnはトールの港の意味。Tor
は男子名にも好んで用いられ、『人形の家』の主人公ノラ
の夫Torvald（トルヴァル）はトールのような権力をもつ
者の意味である。スラヴ神話のペルーン（Perún）、リト
アニア神話のペルクーナス（Perkúnas）にあたり、これ
はラテン語quercus（樫の木）と同源である。リトアニア
語では雷が鳴ることをペルクーナスが雷を鳴らす
（Perkúnas gáuja）という。ゼウスやユピテルと同様、
トールは長いヒゲを生やした姿で現れる。

時は来たが、人間はまだ（The Hour has come but not
the man! Die Stunde ist da, aber der Mann nicht）これ
はヨーロッパ伝説のモチーフで、人間が、のどが渇くよ
うに、川も渇く。人間の場合は水を飲むが、川や湖は人
間を求めるのである。ドイツの例は**ラーン川が呼んだ**
（Die Lahn hat gerufen, p.196）を参照。ヨーロッパのう
ちでも、北欧に多い。ノルウェーとスウェーデンの例：
［ノルウェー］ランスフィヨルド（Randsfjord）でのこと。
春が近いある夕方、村人はフィヨルドから「時は来たが、
人間はまだ」と叫ぶ声を聞いた。この声が聞こえたあとは
必ず人が溺れるのだ。ちょうどそのとき、一人の若者が
やって来て、フィヨルドを渡ろうとした。「いま渡っては
いけませんよ。明日まで待ちなさい」「父が危篤なのです。
明日まで待てません。今朝、渡った人がいましたが、無事
でしたよ」「とにかく、今日はおやめなさい」。青年は怒り
狂った。そして発作を起こして、倒れてしまった。フィヨ

145

ルドから少し水を持ってきて飲ませてやった。するとその瞬間に、彼は息が絶えてしまった。（Folktales of Norway, ed. Reidar Th. Christiansen, Routledge & Kegan Paul, 1964）。

［スウェーデン］バックセーダ湖（Bäcksedasjön）で叫び声が聞こえた。「時は来たが、人間はまだ」。村人が湖のほとりで、これを聞いた。そこに一人の男がやってきて、ドラクッラ（Drakulla）への道を尋ねた。彼は湖を渡ろうとしたのである。「いま渡ってはいけません。溺れて死んでしまいますよ。今晩はここに泊まりなさい」。村人は部屋を暖めてやり、洗面器に水を入れておいた。翌朝、来て見ると、旅人は洗面器に顔を伏せたまま、息絶えていた。彼は、とにかく水の犠牲にならねばならなかった。時は来ていたのだ。（J. Lindow, Swedish Legends and Folktales. University of California Press, 1978）［参考文献］Robert Wildhaber, Ein europäisches Sagenmotiv. Rheinisches Jahrbuch für Volkskunde IX, 1958, 65-88.

年老いた祖父と孫（The Old Man and his Grandson; Der alte Grossvater und der Enkel, KHM 78）おじいさんは、すっかり年をとってしまいました。食事のときにスープをこぼしたり、お皿を落としたりしてしまいます。息子のお嫁さんは、おじいさんをストーブの後ろに座らせて、木のお皿で食べさせるようにしました。これを見ていた4歳の孫が木の板切れを集め始めました。「何をしているの?」と父親が尋ねると、「ぼくが大きくなったら、

この木皿でおとうちゃんとおかあちゃんに食べさせてあげるんだ」と答えました。息子夫婦は自分たちの仕打ちを恥じて、おじいさんに今までどおりの待遇を続けました。これはグリム自身が聞いた話です。

ドナル（Donar, DM 138）ゲルマン神話における雷の神。英 Thursday, ド Donnerstag（木曜日）は雷神の日で、ラテン語 diēs Jovis（ユピテルの日）を訳したものである。Jovis は Jupiter の属格（piter は pater「父」）。Donar は地名 Donnersberg（ドナルの山, ラインプファルツ）に見られる。北欧の Thor は人名や地名に多い。

取替っ子（changeling; Wechselbalg, DM 387；DS 82）ラテン語 cambiones（複数；cambiō 'change'）。悪魔、魔女、小人、水の精が人間の美しい子供をほしがり、自分の醜い子供と取り換えたがる。母親が子供を背負っていると、石のように重いので、ふしぎに思っていた。すると、偶然通りかかった遍歴学生（fahrender Student）が、それは悪魔の子ですよ。あなたのお子さんは新しい揺りかごにいますよ、と教えてくれた。遍歴学生は旅職人と同じように、旅をしながら、見聞を広め学問を深める。

ドロテア・フィーマン（Dorothea Viehmann, 1755-1815）メルヘンおばさん（Frau Märchen）とグリム兄弟に呼ばれ、良質の童話をたくさん提供した（KHM 6,9,13,21,27,31,57,58,60,63,89 など）。カッセル近郊のツヴェールン（Zwehrn）の農夫の妻で、町に野菜を売りに来たあと、帰りに立ち寄った。感謝の記念に弟のルートヴィッヒ・グリ

ムの描いた顔が童話第2巻の巻頭に今も載せられている。

泥棒の名人（The Master-Thief; Der Meisterdieb, KHM 192）ある百姓家に立派な馬車が来て、紳士が降り立ちました。なんと、それは小さいときに家を出たまま、長い間行方不明だった一人息子だったのです。両親は喜んで、久しぶりに、ジャガイモとスープの粗末な、しかし楽しい食事をしました。ところで、お前、いったい何をしてそんな身分になったのか、と父親が尋ねました。「泥棒の名人ですよ。しかし、ただの泥棒ではありません。お金のありあまっている人から、あまっている分だけいただいて、それを貧しい人に分けてやるのです」。両親は納得しました。息子はその夜のうちに名づけ親の伯爵を訪ねて挨拶をしました。伯爵は次の三つのものが盗めたら、お前の罪状を許してやろう、と言いました。その三つとは、伯爵の乗る馬を厩から盗み出すこと、伯爵夫婦が寝ている間に、その敷布と、妻の指から指輪を抜き取ること、伯爵の寺から坊主と寺男を盗み出すこと、でした。名人は三つとも成功し、罪を許されましたが、その町から永遠に姿を消しました。

トロル（Troll, DM 152）北欧神話の巨人、また民話で山の精（Berggeist：家の精はニッセ, nisse）。トロルは堕落した天使の一種で、岩山に住む。太陽の光に当たると、石になってしまうので、夜の間に活動する。トロルの人形がノルウェーのお土産品にある。ベルゲン郊外のトロルハウゲン（トロルの丘）は作曲家グリーグの仕事場だった。日本では『三匹のヤギのガラガラドン』に出る。

トンプソン（orトムソン；Stith Thompson, 1885-1976）アメリカの民話学者。民話文学のモチーフ索引（Motif-Index of Folk-Literature. A Classification of Narrative Elements in Folktale, Ballads, Myths, Fables, Mediaeval Romances, Exempla, Fabliaux, Jest Books and Local Legends（FFC 106-109）1955-58^{2}の著者。

［な］

長い鼻（The Long Nose; Die lange Nase, 初版1815,Nr.36）戦争が終わり、王様は兵士を解雇しました。三人の兵士が退職金も貰えず、一文なしで森の中を歩いていると、小人に出会いました。「何をしょげているんだ？」「パンを買うお金もありません」すると、古いマントをくれました。これを着ると、ほしいものは何でも手にはいるよ。二人目は古いお財布を貰いました。これは使っても使ってもお金が減らないのです。三人目はホルンを貰いました。これを吹くと、民衆が全員、集まるのです。三人は宿屋へ行って最上の食事と飲み物を注文しました。お金を払いましたが中身は減りません。次にマントでお城を建てて、王様のような暮らしをしました。それから三頭立ての馬車を手に入れて、別のお城へ行き、自分たちは三人の王子だと名乗りました。歓迎を受けた三人は食事をして、宿泊しましたが夜の間にこのお城のお姫さまにお財布を盗まれてしまったのです。王様のとりなしで、お財布は戻ったのですが、お姫さまは、次から次に策略を用いて、結局、お宝を三つとも巻き上げられて、三人は乞食をせねばなりません。

森の中でリンゴの木を見つけたので、一人が一個食べ
てみると、鼻がグングン伸びて、森の中を突き抜けて60
マイルに達しました。すると、小人が出て来て、このナシ
を食べてごらん、と教えてくれました。早速、試すと、あ
ら不思議、鼻はもと通りになりました。三人は変装して、
お城にリンゴ売りに出かけました。お姫さまは、「おいし
そう」と言って、一個食べ、とてもおいしかったので、も
う一個食べると、鼻がグングン伸びて、テーブルのまわり
に20メートルもぐるぐるまわり、戸棚を20メートルもまわ
りつき窓を突き抜けて、お城のまわりを30メートル伸びて、
さらに町中まで20マイルに達しました。王様はおふれを
出して助けを求めました。早速、三人はナシを与えて、お
姫さまの鼻はちょん切れましたが、長い部分は250人もの
家来たちが処分せねばなりませんでした。（挿絵p.10）

　［注］第2版で「キャベツのロバ」（p.70）に変更。

長靴をはいたネコ（The Booted Cat; Die gestiefelte Kater,
KHM付録5）粉屋に三人の息子がいました。遺産として長
男は粉挽き場を、次男はロバを貰いましたが、三男にはネ
コが一匹残っただけでした。ところが、このネコは人間の
ようにしゃべり、頭も人間以上なのです。「そんなにがっか
りするなよ。さあ、出かけよう」というので、末っ子の三男
はびっくりしてしまいました。ネコは長靴を作ってもらって、
一緒に旅に出ました。「これからは、あなたは伯爵（count,
Graf）ですよ。私はあなたの家来です」というのです。三
男は「はい」と命令に従って、ネコが毎回、名案を出して、

150

それがことごとく成功して、この「伯爵」が王様にもお姫さまにも気に入られて、彼女と結婚することができました。

　［注］ペローのLe chat botté（1697）から伝わったが、KHM第2版（1819）から削除された。

流れの止まった川（The River that Stands Still; Der stillstehende Fluss, DS 111）フルダ川（Fulda, ヴェーザー川の支流）について、次の伝説がある。ヘッセン州の領主、特に、いま統治している領主かその妻が死ななければならないとき、流れがまったく停止する。これは不幸の予言である。確かな死の告知と見なされ、住民はしばしばそれを観察した。『空腹の泉』p.76参照。

名づけ親（The Godfather; Der Herr Gevatter, KHM 42）貧しい男に子供が大勢いました。また子供が生まれたので誰に名づけ親になってもらおうかと、考えあぐねていました。夢のお告げにしたがって、門の外で最初に出会った人にお願いすると、その名づけ親は悪魔だったのですが、ふしぎな水をくれました。その水は万病の薬だったのです。子供は成長してから、その水でどんな病人も治すことができたので、評判になりました。

夏と冬（summer and winter; Sommer und Winter, DM 629）古代ゲルマン人は夏と冬しか知らず、春と秋を知ったのはローマ人と接するようになってからだった。アイスランドではいまでも夏は4月26日の前の木曜日に始まり、6か月後に冬が始まる（Sigfús Blöndal: Islenzk-dönsk orðabók. Reykjavik 1920-1924）。長い冬が去ると、やっと一年が終

151

わったと感じる。そこで古代ノルド語では He is eight winters old（Hann er átta vetra gamall）のように冬（vetr）を年（år）に用いる。ロシア語では夏（leto）を「歳」の意味に用い、「私は20歳です」を「私は20夏です」（mne dvadcat' l e t 'to me twenty summers'）という。summerとwinterはすべてのゲルマン語に共通であるが、「春」と「秋」は言語により、異なる。「春」は古代ノルド語várとスウェーデン語vårはラテン語vērから借用。デンマーク語forårとオランダ語voorjaarは'before-year'「年の前のほう」、ドイツ語Frühlingは早い（季節）の意味。「秋」のデefterårとオnajaarは'after-year'の意味。

　　ドイツの子供たちはSommer rein, Winter naus!（冬はソト、夏はウチ）とかWir wollen des Sommers warten（みんな夏を待っているよ）と歌う。ギリシアやローマではツバメが春の到来を告げた（春の使者：ドイツ語Frühlingsbote, ギリシア語ángelos éaros）。

ナデシコ（The Pink; Die Nelke, KHM 76）お妃様に待望の王子が生まれました。ところが、お城には悪い料理番がいて、王子が昼寝をしている間に、こっそり盗み出しました。そして、お妃の不注意で、王子を野獣にさらわれたと王様に告げました。王様は怒って、お妃を日の射さない塔の中に閉じ込めてしまいました。しかし、7年間、2羽の白いハトに姿を変えた天使が食料を運んでくれました。王子は他人の家で成長しましたが、悪事の露顕を恐れた料理番のために、何度か命をねらわれまし

た。王子は美しい乙女と知り合いますが、危険を恐れて、乙女をナデシコの花に変えて、一緒にお城に向かいました。お妃は潔白を証明されて、塔から出てきましたが、三日しか命がもちませんでした。料理番は処刑されましたが、王様は自分の仕打ちを後悔し、なもなく亡くなりました。王子は乙女と結婚し、幸福に暮らしました。〔桃色のピンクは花の色からきています。ドイツ語のNelke は小さなクギ（Nägelchen）〕

七の数（Seven; Siebenzahl, DR 1,292）ローマ時代から宴会には7人。裁判官は7人。証人は7人。7つの囲い（家、道、集会、教会、馬車、鋤、池=haus, weg, ding, kirche, wagen, pflug, teich）。猶予、期限などに7日または7年。フリースランドの7本の道は4つの水路と3つの国道。週の7日。ローマの7つの丘（ローマは City of Seven Hills と呼ばれる）。エペソスの7人の眠り青年（在位249-251のディオクレティアヌス帝のとき、キリスト教信者のゆえに迫害され、岩穴に閉じ込められ200年の間眠ったが、目覚めたときには、ローマがキリスト教化されていた）。世界の七つの海。ギリシアの七賢人。日本の七福神 Seven Gods of Luck：弁天（愛の女神）、毘沙門天（戦争の神）、大黒天（富の神）、恵比寿（漁業・商業の守り神）、弁財天と毘沙門天（長寿の神）、福禄寿、寿老人（長寿）、布袋（陽気の神）。

怠け者の国の話（The Tale of Schlauraffenland; Das Märchen vom Schlauraffenland, KHM 158）むかしむかし怠け者ばかりいたころ、不思議なことがたくさんありまし

た。大きな都市ローマが細い絹糸でぶらさがっていたり、足のない男が早い馬を追い越したり、ボダイジュにおせんべいが鈴なりになっていたり、蜜が深い谷から高い山に登って行ったり、カラスが牧場の草刈りをしたり、カタツムリがライオンを殺したり、4歳の子供がひき臼をレーゲンスブルクからトリーアまで投げ飛ばしたり、など、ほらふき話が流行しました。[Schlar-affe「なまけ者＋サル」]

[に]

ニードホッグ（Niðhöggr, DM 664）根をかじる者の意味。宇宙樹（Yggdrasil）を倒そうと根をかじっている巨大な龍。神々と人間の敵である。エッダの中の『巫女の予言』（Völospá）やグーリムニルの歌（Grímnismál）に出る。

二十進法（vigesimal system; Vigesimalsystem, DG 1,685）日本語や英語は十進法（decimal system）であるが、ケルト語、バスク語、グルジア語には二十進法が残る。ラテン語のvīgintī（20）より。デンマーク語には二十進法の名残が見られ、50 = 2.5 × 20, 60 = 3 × 20, 70 = 3.5 × 20, 80 = 4 × 20, 90 = 4.5 × 20という。フランス語soix-ante-dix（60 + 10）= 70, quatre-vingts（4 × 20）= 80, quatre-vingt-dix（4 × 20 + 10）= 90には二十進法の名残が見られるが、スイスのフランス語はseptante（70）, octante（80）, nonante（90）といい、十進法である。スイスの印欧言語学者ポコルニー（Julius Pokorny, 1887-1970）によると、デンマーク語の二十進法は1900年B.C.ごろヨーロッパに侵入したアルメニア系の鐘形杯民族（Beaker Folk, armenoide Glockenbecherleute）の

154

名残りである（「ケルト語以前の北西ヨーロッパの住民の言語」インスブルックで開催の印欧言語学および一般言語学のための専門会議、1961年10月10日 – 15日, p.129-138. インスブルック文化学論集、別冊15）

ニッセ（Nisse, DM 404）Nisse, Nils, Niels などは Nicolaus の愛称。北欧ではサンタクロースにあたる。小人で、赤い帽子をかぶり、冬に木の下や雪の上に見かける。家の精として人家に住みつき、家を守ってくれる。フランダースの犬のネロ（Nello）も同じ語源で、ギリシア語 nīkê（勝利）＋ lāós（民衆）からきている。

ニョルド（Njörðr, Njörd, DM 212）北欧神話の海の神。妻は巨人族の Skaði（スカディ）で、フレイ（Freyr）とフレイヤ（Freyja）を生んだが、夫は海の町ノーアトゥーン（Nóatún, 船の宮殿）に、妻は山に住むことを好んだ。ローマのネプチューン、ギリシアのポセイドーンにあたる。

人魚、海の乙女（mermaid; Seejungfer, Meerweib, Meerjungfrau ともいう, DM 403）ノイマーク（Neumark, 新しい国）地方の大きな湖には人魚が住んでいて、毎年（聖ヨハネの日が多い）人間のいけにえを要求する（おいで、おいで、時間だよ, Komm, komm! die Zeit und Stunde ist da!）と言いながら。「時は来たが、人間はまだ」と同じ。

人間の創造（Man; Mensch, DM 286）北欧神話で、三人の神オーディン、ヘーニル（Hœnir）、ロードゥル（Lóðurr）が海岸を散歩していると、トネリコの木（askr）とニレ（embla）を見つけ、これにオーディン

155

は息を、ヘーニルは意志を、ロードゥルは暖かさと美し
い容姿を与えた。アスクは最初の男、エンブラは最初の
女になった。

[ね]

願いごと、望みの品（wishing; Wünschelding, DM 725）
日本の打出の小槌（希望が何でも叶えられる）；魔法の帽
子（願いの帽子 Wünschelhütlein, souhaitant chapeau, か
ぶれば行きたいところへ行ける）；魔法の靴（一歩あるけ
ば7マイルさきまで飛べる）；豊穣の角（cornucopia,
cornu角copiaたくさんものがつまっている：何でも出て
くる）；オーディンの槍グングニル（Gungnir, 相手を必殺
する）；ミョルニル（Mjöllnir, トールの魔法のハンマーで、
敵を倒して必ず戻ってくる）；空を飛び海も渡れる魔法の
船スキドブラドニル（Skiðblaðnir, 不要の時には小さく畳
んでポケットにしまうことができる）。グリム童話『魔法
のテーブルかけ』（KHM 36, Tischchen deck dich, p.134）。
アンデルセンの「幸運の長靴」（Galoshes of Fortune）を
履くと昔のなつかしい時代にタイムスリップできる。

ネコとネズミのお友だち（The Cat and the Mouse in
Partnership; Katze und Maus in Gesellschaft, KHM 2）
ネズミさん、仲よく一緒に暮らそうよ、とネコがネコなで
声で話しかけました。共同生活を始めて、二人は冬のた
めに食べ物を蓄え、教会の屋根裏に隠しておいたのです
が、ネコは結婚式に出席する、とかの理由をつけて、ただ
一人、隠し場所へ行って、結局、ネコが全部食べてしま

いました。それが発覚してネズミが詰問すると、ネコはネズミに飛びかかり、パクリと食べてしまいました。世の慣わしです。

眠れる王（The Sleeping King; Der schlafende König, DS 433）フランク王グントラム（Guntram）は善良な、平和を愛する人士であった。ある日、狩猟に出かけたが、お供の者たちは散り散りになってしまい、一人だけ、一番信頼している最愛の臣下だけが残った。王は疲労に襲われ、木陰で、友の膝を枕にして、眠ってしまった。すると、グントラムの口から小さな生き物がヘビのように出て来た。走り出して、近くを流れる小川まで来ると、渡りたそうな様子だ。臣下は剣を抜いて、流れの上にかけてやると、その上を渡り、向こう側の木の下に入って行った。二三時間して戻り、同じ剣の橋を渡って、王の口の中に戻ってしまった。王は目を覚まして言った。「お前に私が見たふしぎな夢をお話したい。大きな川があって、それを渡って、高い山の洞穴に入ると、そこに昔の金銀財宝が山のようにあった」と。「王様、それは正夢です」と臣下は言って、王が眠っている間の出来事を一部始終語った。そして、夢は現実通りだった。そこに、ずっと昔に埋められた金銀が大量に発見されたのだ。

[の]

農耕（farming; Ackerbau, GD 38）ドイツ語 Ackerbau は畑（Acker, cf. 英 acre）を耕すこと（bau）で、ラテン語の agrī-cultūra（畑の耕作）を訳したものである。農

耕は人間と牛の作業である（ギリシア語boôn, andrôn érga）。印欧語民族の生活経済は牧畜と農耕であった。

野じしゃ（野のサラダ）（Rapunzel; Rapunzel, KHM 12）夫婦に待望の子供が生まれることになりました。その隣に魔女が住んでいたのですが、その庭に小さな畑があって、そこに野じしゃ（ラプンツェル）という野菜がなっていました。妻はそれを見て食べたくなり、夫に頼んで盗んでもらいました。食べてみると、とてもおいしいのです。妻はまた食べたくなり、夫に盗んでもらいました。しかし、魔女に見つかってしまいました。罰として、生まれてくる子供を魔女に与えると約束してしまいました。生まれたのは、かわいい女の子で、ラプンツェルと名づけられました。魔女は、成長してから、盗まれないように、高い塔の上に閉じ込めてしまいました。さて、白馬の王子様は、あらわれるでしょうか。[注] Rapunzelはラテン語rapunciumからきて、Rübe（カブ）と同源。いまはFeldsalat（野のサラダ，レタスLattich）という。

［は］

ハーメルンの子供たち（The Children of Hameln; Die Kinder zu Hameln, DS 245）1284年のこと、北ドイツの町ハーメルンに、ある日、ふしぎな身なりの男がやって来た。赤や緑や黄色の、まだら模様の衣装を着ていたので、まだら男と町の人は呼んだ。私はネズミ捕りです。ご希望ならば、町からネズミを退治しましょう、と言うので、町の人々は、ちょうどよかった、報酬を約束しま

すよ、と言ってお願いした。ネズミ捕りが笛を取り出して吹くと、町中から家ネズミや野ネズミがゾロゾロと出て来て、男のまわりに集まった。全部が出そろったと思われるころ、男は笛を吹きながら、ヴェーザー川に向かって歩き出した。するとネズミも一斉に、そのあとについて行き、男が衣服をまくり上げて、川の中に入ると、ネズミたちも川の中に飛び込んで、全部溺れてしまった。

　ネズミがいなくなると、町民たちは報酬のお金が惜しくなった。彼らは、いろいろ言いわけをして、結局、支払わなかった。男は怒って町を去った。しかし、6月26日、聖ヨハネ・聖パウロの日に、同じ男が、今度は猟師の服装をして、町にあらわれた。笛を吹くと、今度は、ネズミではなく、子供たちが出てきた。4歳以上の男の子や女の子、中には町長の娘もいた。全員が男のあとについて行ってしまった。そして山の中に消えてしまった。一人の子守女がその様子を見ていたので、急いで町に引き返して事の次第を報告した。町の役人も両親たちも心配して、使者がほうぼうに送られたが、全員が行方不明であった。130人の男女が、忽然と、蒸発してしまったのである。

　［注］阿部謹也『ハーメルンの笛吹き男』（平凡社1974）によると、当時、町の人口は2000人、人口増と土地不足のために、植民請負人（locator）を通して、聖ヨハネの日に130人の男女が集団結婚をして町を去り、モラビア（Moravia, 今のチェコ）の方面に移住したという。モラビアの首都ブルノ（Brno）の北東20kmのところにハミ

159

ルゴウ（Hamilgow）という町がある。Hamilはハーメルン、gowはgau「地方」の意味（例：Ober-ammer-gau）。

灰かぶり（シンデレラ）（Cinderella; Aschenputtel, KHM 21）お母さんを亡くした少女は、そのあとに来た継母とその二人の娘にいじめられ、ベッドも与えられず、炉辺に寝ていたので、灰だらけになってしまいました。シンデレラというのはCinder（灰）ella（小さな女の子）という意味です。ドイツ語はAschen（灰を）puttel（かぶった子）の意味です。putは英語のputと同じで「置く、かぶる」-elは「小さい」の意味の語尾です。

　王様が王子のために舞踏会を催すことになり、村中の女の子が招待されました。継娘は二人とも、朝から準備に大騒ぎです。二人が出かけたあと、シンデレラはお母さんのお墓に行ってお祈りをすると、金の馬車と金と銀の衣装が出てきました。大急ぎで支度をして、お城に駆けつけると全員がシンデレラの美しさにウットリ。王子様も、一晩中一緒に踊って、彼女を放してくれません。でも夜中の12時には帰宅して、家に着いていなければなりません。三日目の晩、あまり急いだので片方の靴が脱げてしまいました。翌朝、お城の人がこの靴にあう娘を探しに来ました。この小さな靴にピッタリあうのはシンデレラ以外にはありません。こうして、王子様と結婚することが出来たのです。

ハクストハウゼン家（Familie von Haxthausen, 特にAnna, 1800-77）KHM 1, 6, 16, 21, 24, 27など多くを提供。

白鳥の乙女（Schwanenmädchen, DM 354）空中を舞い、

水上を歩く。白鳥の姿のまま、河畔や湖畔に憩う。予言の能力を持っている。『ニーベルンゲンの歌』の中で、グンター、ゲルノート、ギーゼルヘア、ハーゲンの一行がフン族の国に行くために、国境を越えるとき、白鳥が郷里のヴォルムス（Worms）に帰れないと予言し、実際に、その通りになった。[G.Neckelの伝説] ピェスコウ（Pieskow）のシャールミュッツェル湖（Scharmützelsee）に白鳥の乙女が住んでいて、少年が居眠りしている間に湖底の宮殿に連れて来られた。少年は龍宮城におけるような生活を送ったが、郷愁を感じたとき無事に故郷に帰ることができた。

白鳥の騎士（ブラバントのローエングリーン，Lohengrin of Brabant; Lohengrin zu Brabant, DS 542）ブラバントとリンブルクの公爵は幼い娘を一人残して亡くなった。娘の名はエルスまたはエルザムといった。臨終に公爵は娘の後見を臣下の一人フリードリッヒ・フォン・テルラムント（Friedrich von Telramund）に委ねた。フリードリッヒは勇敢な英雄で、ストックホルムで龍を切り殺したほどだが、高慢となり、父君から結婚を約束されているからといつわり、若い令嬢に求婚した。彼女が頑固に拒絶したのでフリードリッヒはハインリッヒ（捕鳥の名人）に訴えた。判決が下り、神明裁判（Gotteskampf）が行われることになった。彼女は、自分のために戦ってくれる人を探さねばならない。彼女は神に助けを求めた。そのとき、モンサルヴァッチュ（Montsalvatsch「荒山、自然の山」）の聖杯（Gral）のかたわらにある鐘が高らかに鳴り響いた。これ

は誰かが緊急の助けを求めている警告である。

　聖杯はパルツィファル（Parzival）の息子ローエング
リーンを遣わすことに決めた。馬に乗ろうとすると、一羽
の白鳥が船を引いてあらわれた。ローエングリーンが船に
乗ると、白鳥は目的地を知っているかのように滑り出した。
五日後、白鳥は小魚を掬い上げ、半分は自分が食べ、半
分は騎士に与えた。その間にエルザムは侯爵たちをアント
ワープの会議に招集した。会議がちょうど始まる日に、白
鳥がスヘルデ川（Schelde）を下ってきた。川辺に騎士を
降ろすと、白鳥はもとの場所に帰って行った。冑（かぶ
と）と楯と剣から、この騎士こそエルザムのために戦って
くれる人だと分かった。騎士は公爵令嬢が不当に訴えら
れているのを知り、喜んで彼女のために戦うことを引き受
けた。フランクフルトに滞在していたハインリッヒ皇帝は
マインツで試合を行うことに決めた。一騎打ちの結果、聖
杯の英雄が勝利した。フリードリッヒは公爵令嬢にうそを
ついたことを白状した。彼は棍棒と手斧で処刑された。

　エルザムはローエングリーンのものとなった。愛し合っ
た二人は結婚した。しかし、一つだけ条件があり、ローエ
ングリーンは自分の素性を決して教えてはならない。二人
は幸福に暮らし、ローエングリーンは国を立派に治めた。
フン族や異教徒の征伐にも出かけ、皇帝のために大いに
貢献した。あるとき、馬上試合で、ローエングリーンはク
レーフェ侯爵（Creve）を刺してしまった。ローエング
リーンの名声をねたんだクレーフェ侯爵夫人は「あなたの

ご主人はキリスト教徒らしいけど、どういう家系なの。どこから船で来たのか、誰も知らないじゃないの」と言った。エルザムは三日三晩泣いたあと、自分の悩みを夫に打ち明けた。ローエングリーンは、自分の父はパルツィファルであること、神が自分を聖杯からここに遣わしたことを、妻に告げた。エルザムとの間にできた二人の子供、ヨーハンとローエングリーンを呼んで、角笛と剣を渡し、大事に持っていなさいと言って、お別れのキッスをした。妻には、母からむかし貰った指輪を与えた。白鳥が迎えに来た。エルザムは二度と帰らぬ愛する夫を思って生涯泣き続けた。

[注] Lohengrin 'Garin le Lorrain'（ロレーヌ人ガラン）。Brabant オランダの州。Limburg（lim 'linden'）ボダイジュの町。聖杯（grail, Gral）イエスの杯（最後の晩餐）。

ハシバミの木の笞（むち）（The Hazel Rod; Haselrute, KHM 210）聖母マリア様が幼子（おさなご）イエス・キリストのために、イチゴを探しに森へ出かけました。イチゴを摘もうとしますと、マムシが一匹いて、マリア様を追いかけてきました。マリア様は一生懸命走って、ハシバミの木のうしろに隠れました。すると、マムシは逃げて行ってしまいました。マリア様はイチゴをたくさん摘んで帰りました。それ以来、ハシバミの木は人間をヘビやマムシから守ってくれることになったのです。（スイス Vorarlberg）

バラ（The Rose; Die Rose, KHM 203）小さな子供が森に薪を拾いに行くと、見知らぬ子供が手伝ってくれて、家まで運んでくれました。別れ際に、その子はバラの枝

をくれて、花が咲いたら、また来るね、と言いました。ある朝、子供は寝床から出て来ません。母親が行ってみると、子供は死んでいました。そして森でもらったバラの枝には、花がパッと開いていました。

バルドル（Baldr, DM 182）北欧神話で、光の神、最も美しい神。輝く者の意味。オーディンとフリッグの息子で、神々に最も愛されている。妻ナンナ（Nanna）と一緒に天空にあるブレイダブリック（Breiðablik, 広い見晴らし）に住む。バルドルが見た夢は正夢となって殺され、忠実な妻ナンナに付き添われて、黄泉の国へ行く。ロキにそそのかされ、双子の兄弟で盲目のホドル（Höðr）が投げつけたヤドリキ（mistletoe, mistilteinn）が致命傷になったのだ。Baldrs draumar（バルドルの夢）は1300年ごろの作で、14節からなり、エッダの中に収められる。このテーマを扱った文学作品にデンマークのエーレンスレーア（Adam Oehlenschläger, 1779-1850）の『バルデルは死せり』（Balders Død, 1805）、ドイツのウーラント（Ludwig Uhland, 1787-1862）の『バルデル』（Balder, 1812）、フーケ（Motte Fouqué, 1777-1843）の『善神バルデル』（Baldur der Gute, 1818）、英文学のアーノルド（Matthew Arnold, 1822-1888）の『バルデル死せり』（Balder Dead, 1855）がある。Baldrと同源の古代英語bealdor, baldorは「王」の意味。

半神（Half-God; Halbgott, semideus, DM 282）英雄。神と人間との間に生まれた子供だが、功績により英雄に昇格する。ヘラクレス、シグルドなど。また医者は半女神

（Half Goddess, Halbgöttin）と考えられた。

パンと塩を神様は祝福する（God Blesses Bread and Salt; Brot und Salz segnet Gott, DS 572）ドイツ人の間では客をもてなすとき、食事のあとで、主人は客に対して「十分なおかまいはできませんでした。どうぞこれでご満足ください」（Es ist nicht viel zum besten gewesen, nehmt so vorlieb）という習慣がある。ある侯爵が狩猟中、獲物を追いかけていて、家臣と別れてしまった。まる一日、まる一夜、森の中をさまよったあと、炭焼き人の小屋にたどり着いた。空腹だったので、「今晩は、何か食べさせてくださいませんか」"Glück zu, Mann! Was hast du zum besten?"とお願いすると、炭焼き人は「神様のおかげで、十分あります」"Ick hebbe Gott un allewege wol（genug）"と答えた。炭焼き人は片手にパンを、片手に塩の入ったお皿を持ってきた。侯爵は空腹だったので、感謝して食べた。お金を持っていなかったので、銀製のあぶみ（Steigbügel）を取り、それをお礼に与えた。そして正しい道を教えてくださいと頼んだ。侯爵は無事に帰宅できたので、召使いに、あの炭焼き人を連れてくるよう命じた。炭焼き人は贈り物として与えられたあぶみを持参した。侯爵は食卓に招いて安心して召し上がってください、と言った。食事の間、侯爵は「先日、一人の紳士がお邪魔しませんでしたか。ここにいるのは同じ人ですか」と尋ねた。「あなた自身であるように思います」（Mi ducht, ji sünd et wol sülvest）と言って、あぶみを差し出した。「これをお

返ししましょうか」（Will ji dütt Ding wedder hebben?）「いや、それは差し上げたのだ。とっておきなさい」。あなたが「十分なおかまいはできませんでした」（et wäre nig väle tom besten west）とおっしゃったとき、私はあなたのうしろに悪魔が立っているのを見ました、と炭焼き人が言った。では私も言うよ。あなたが炭焼き小屋で「神様のおかげで、十分にあります」と言ったとき、私はあなたのうしろに天使を見ましたよ。

　［注］ロシアにも「パンと塩しかありませんが、召し上がってください」という習慣がある。パン（hleb）と塩（sol'）をあわせたhlebosol'stvoは「歓待」の意味である。「パンと塩と暖かい心」という言い方もある。

［ひ］

ヒキガエルの椅子（The Toadstool; Der Krötestuhl, DS 223）フランス、ヴォージュ州（Vosges）のアルザスの城に公爵の美しい娘が住んでいた。彼女は高慢で、求婚者のどれも自分には不十分に思われ、そのために多くの男が命を落とした。しかし、ついに天罰が下り、呪いが解けるまで、荒れた岩山に住まねばならない運命になった。彼女は週に一度だけ姿をあらわすことができる。最初はヘビの姿で、二度目にはヒキガエル、そして三度目に昔の乙女の姿で。毎週金曜日に、泉のそばで、今日ヒキガエルの椅子と呼ばれる岩山の上で、身体を洗うのである。彼女を救える者は、まずヘビに接吻し、次にヒキガエルに接吻し、乙女が変身するのを待たねばならない。

今まで、何人もの若者が試みたが、最後まで持ちこたえることができず、彼女はいまだに救われない。

ひげを生やした乙女（The Maiden with the Beard; Die Jungfrau mit dem Bart, DS 330）ザールフェルト（Saalfeld）の川の中に教会が建っていて、その教会には町の記として十字架にかけられた修道女の像が石に刻まれている。彼女のそばに、一人の男が膝まずいてバイオリンを弾いている。そして片方のスリッパが落ちている。これについて次の伝説がある。この修道女は王の娘で、ザールフェルトの修道院に住んでいた。彼女があまりにも美しいので、ある王が恋に落ち、結婚を迫った。しかし、彼女は結婚しないと誓っていたので、これを拒んだ。逃げ切れなくなったとき、神様に自分を醜くしてくれるように祈った。神はその願いを聞き届けて、彼女に長い醜いヒゲを生やしてやった。それを見て王は激怒し、彼女を十字架に打ちつけた。しかし彼女はすぐには死ねず、数日間、断末魔の苦しみを味わわねばならなかった。そのとき、一人のバイオリン弾きが通りかかって、彼女を慰めようと、バイオリンを弾き始めた。疲れると、膝まずいて弾き続けた。彼女はお礼に金と宝石をちりばめたスリッパの片方を投げてやった。

一つ目、二つ目、三つ目（One-Eye, Two-Eyes, Three-Eyes; Einäuglein, Zweiäuglein und Dreiäuglein, KHM 130）三人の姉妹がいました。一人は目が一つしかなく、一人は目が二つ、一人は目が三つもありました（お母さんの目はいくつか分かりません）。一つ目と三つ目は二つ目

に意地悪ばかりして、食事も十分に与えません。二つ目は
山羊飼いが仕事なのですが、ある日、親切な婦人がいい
ことを教えてくれました。「ヤギさん、食事を出して」と
言うと、出来立ての、おいしい食事が出てきて、ごちそう
さま、と言うと、きれいに片付くのです。しばらくの間、
おいしい食事が出てきましたが、意地悪な姉妹に見つかっ
て、そのヤギが殺されてしまいました。その臓物を庭に植
えると、黄金のリンゴの木が生えたのです。ある日、立派
な騎士が訪ねてきて、二つ目を見そめて結婚しました。

百〔100〕 (hundred; hundert, DG 1,685) 英語のhundred,
ドイツ語のhundertは「hund（100）」の意味で、-red, -ert
はラテン語のratio（数）にあたる。古代高地ドイツ語は
zëhanzug（ツェハンツグ）というが、zëhanは「10」、zugは「10という
数」の意味なので10×10, つまり100の意味である。zug
は語源的に英語のtwen-ty, thir-tyというときの-tyにあ
たる。zugは名詞なので、あとに続く名詞は複数属格に
置かれる。feorzuc wëhhōno（フェオルツク ウェッホーノ）は「40週」の意味で、wëhhōno
は複数属格である。古代ノルド語のhundrað（u語幹）は
120（great hundred）、tvau hundruðは240を表す。同様
にþúsund（i語幹）は1200（great thousand）を表す。こ
のことから、ゲルマン語は12進法だったのではないか
という説もある。

百姓と悪魔 (The Countryman and the Evil Spirit; Der
Bauer und der Teufel, KHM 189) 夕方、百姓が仕事を終
えて帰ろうとすると、悪魔が畑に坐っていました。悪魔が

言うには、お前が畑にできるものを半分くれたら、金を山のようにあげよう。そこで、地面の上にできたものを悪魔が、地面の下にできたものを百姓が貰うことに決めました。百姓はカブを植えました。収穫のときがくると悪魔がやってきて、黄色の、しなびた葉っぱを、百姓はカブの実を貰いました。悪魔はくやしがって、今度はおれが地面の下にできたものを貰うぞ、と言って去りました。百姓は、今度は、小麦を蒔きました。こうして悪魔は二度とも百姓に騙されました。[トルストイの民話に類似の話がある]

ヒュット女王（Mother Hütt; Frau Hütt, DS 234）昔、チロル地方にヒュット女王という強大な巨人の女王がいて、インスブルックの山々に住んでいた。この付近は、今は灰色で、はげ山になっているが、以前は森と豊かな畑と緑の草原があった。あるとき、女王の小さな息子が泣きながら帰ってきた。見ると、顔も手足も服も泥だらけになっている。どうしたの、と聞くと、竹馬を作ろうと思って、モミの木（fir, Tanne）を折ろうとしたら、沼に足を滑らせて沼に落ちてしまったの。首まで沈んだけど、助け出されたの、と息子が答えた。母親は言った。泣かなくてもいいよ、泥をとってあげよう、服も着かえさせてあげよう、と。そして召使いを呼んで、やわらかいパンくずで顔と手の泥をぬぐわせた。すると、空が、にわかに、かき曇り、雷雨が襲ってきた。神聖な神の贈り物であるパンを粗末に扱ったからだ。空が晴れると、麦畑も草原も一面が石と岩の廃墟と化していた。そして、

その中央に巨人の女王が岩になって立っていた。

　チロル地方、特にインスブルックでは、今でも、子供がパンを粗末にすると、母親が子供に言う。パンくずを貧しい人たちのために、大事にしなさい。でないと、フラウ・ヒュットのようになってしまいますよ、と。

病気（Krankheiten, DM 961）神々の怒りは人間の病気になってあらわれるが、人間にそれを癒す薬をも提供する。ギリシアのアスクレピオス（Asklepios）は神に遣わされた医者であった。医者は仙女（weise Frau）や半女神（Halbgöttin）であったりした。8世紀にドイツ語に借用されたArzt（医者）の語源はギリシア語archíiātrós（主要な医者、主治医）で、それ以前は古代高地ドイツ語lâchi（ゴート語lēkeis）を用い、ポーランド語lekarzやチェコ語lékař に借用され、フィンランド語lääkäriにも入った。ロシア語の「薬」lekárstvoに残っている。ロシア語の「医者」はvračというが、その原義は魔法使いである。原始的な薬は薬草、薬用根（Heilwurz）、療養鉱泉（Heilquelle）があった。KHM 97（Das Wasser des Lebens）には生命の水が出てくる。ちなみにウィスキー（whiskey, whisky）はスコットランド語で「生命の水」、アイルランド語形はuisge beatha, ラテン語はaqua vītae, フランス語はeau de vieである。

昼と夜（day and night; Tag und Nacht, DM 612）英語day, ドイツ語Tag［ターク］は昼（12時間）と日（24時間）を含む。古代ノルド語はdagr（日）と dœgr（半日）

170

がある。後者は、特に、明るい昼間を指す。宵の明星（Abendsterne）は夜の伝令（Herolde）であり、明けの明星（Morgenstern）は昼の使者（messenger, Bote）である。エッダによると、誕生の順序は最初が夜で、昼はその数代あとだった。ノルヴィ（Nörvi）という巨人にノート（Nótt, 夜, night, Nacht）という娘があり、彼女の二番目の夫アナル（Anar）という小人との間に娘ヨルド（Jörð, 大地, Earth, Erde）が生まれた。ダグ（Dagr, 日, day, Tag）は明るく美しかった。オーディンは昼と夜を天空に配置した。

ビンゲンのネズミの塔（The Mouse Tower of Bingen; Der Binger Mäuseturm, DS 242）ビンゲン近くを流れるライン川の中州に高い塔が聳えているが、これについて次の伝説が伝わっている。974年、ドイツに大飢饉（great famine; grosse Teuerung）が起こり、人はネコやイヌを食べて飢えをしのがねばならなかった。それでも多くの人が餓死した。マインツ（Mainz）の司教ハットー（Hatto）は、けちで、自分の財産を貯めることしか考えなかった。ある日、こう言った。「貧しい者は町の郊外にある納屋の前に集まりなさい。食事を差し上げましょう」。人々が集まると、中に入るように命じた。それからかんぬきをかけて、火をつけた。そして、老いも若きも男も女も、納屋ごと燃やしてしまった。人々が炎の中で泣きわめくのを見て、「まるで、ネズミが鳴いていうようだわい」と言った。神がこのような所業を許す

はずがなかった。まもなく、ネズミの大群が昼も夜も司教を襲った。司教はライン川の中州に塔を建てて、そこに逃れようとした。しかしネズミどもは川を渡って塔によじ登り、司教を生きたまま食い尽くしてしまった。[注] Hatto I は891-913年マインツの大司教で、当時の政界の有力な人物であった。だから、この伝説では非常に否定的に描かれている（Donald Ward）。

貧乏人とお金持ち（The Poor Man and the Rich Man; Der Arme und der Reiche, KHM 87）昔、神様が貧しい身なりをして、人間の世界を歩いていました。ある晩、遅くなったので、宿を探していますと、お金持ちの大きな家と、貧乏人の小さな家がありました。神さまは大きな家をノックしました。男は貧しい身なりをじろじろ見て、結局、断りました。小さな家をノックしますと、夫婦は喜んで迎え入れ、ジャガイモとミルクの貧しい食事をともにしました。そしてお客様にはベッドを貸してあげて、自分たちは床のワラの上に寝ました。翌朝、朝食をしたあとで、神さまは親切のお礼に願いごとを三つかなえてあげようとおっしゃいました。夫婦は祝福と、健康な生活と、日々のパンしか望みません。神様は、そのほかに、新しい家を与えました。金持ちは、突然、新しい家が建ったのをふしぎに思って、妻に調べさせました。事の真相を知った金持ち男は、神様を追いかけて、私にも三つのお願いをかなえてください、とお願いしました。神様はそれをかなえてくださいましたが、その結果、とんでもないことになりました。

172

［ふ］

フェンリスオオカミ（Fenriswolf, DM 202）古代ノルド
語Fenrisúlfr. 沼地の藪に住むオオカミの意味。ロキの
息子で、宇宙滅亡の際に太陽と月を呑み込む。口を一杯
に開けると、上あごが天に届き、下あごは大地に接する
ほど大きい。太陽と月を呑み込んだあとで、オーディン
を殺す（スノリのエッダ）。

婦人の砂浜（Lady's Sandbank; Der Frauensand, DS 240）
オランダのゾイデル海（Zuiderzee）の中に海中から草と
茎が突き出ているところがある。昔はここに立派な教会の
塔や建物があった。この海沿いにスターフォレン（Stávo-
ren）という小さな町がある。ここは昔、非常に栄えた貿
易の町だった。アムステルダムの名はまだ存在せず、ロッ
テルダムは小さな村にすぎなかった。町の住民は富裕のた
めに高慢となったが、神はそれを許さなかった。この町で
一番の金持ちは若い婦人で、今はその名も伝わっていな
いが、お金と財産を誇り、他人に対しては冷酷で、自分の
財産を貯めることしか頭になかった。ある日、彼女は自分
の持ち船の船長を呼び、世界で最も高価な最良の品物を
購入してくるように命じた。女主人の冷酷な気質を知って
いたので、船長は気が重かった。

　彼はダンツィヒ（Danzig, ポーランド名Gdańsk グダイ
ンスク）に向けて出航し、バルト海に沿って進んで行くと、
陸には小麦の穂が黄金のように波打っていた。これほど美
しい高貴なものが、ほかにあろうか。船長は、これぞ探し

173

求めていたものと確信し、最良の小麦粉を買い付けて、郷里に帰った。帰国の報に女主人は港へ急いだ。「もう帰って来たのか。まだアフリカの海岸にいて、金や象牙を買い付けていると思っていたよ。どーれどれ、何？　小麦粉だって？　そんな惨めな物を買って来たのか？」

「毎日の健康なパンを与えてくれる小麦粉が惨めな物だとは思いません」。「お前の品物がどんなにくだらない物か教えてあげよう。船のどちら側から積んだのか」。「右側からです」。「では左側から積荷を全部海に投げ捨てなさい。命令が実行されたかどうか、あとで見に来るから」。神の贈り物である小麦粉に対して、どうしてそのような罪深いことができよう。船長は急いで町の貧しい人々を呼びにやって、女主人の心を動かそうとした。彼女がやって来て、自分の命令が実行されたかどうか尋ねた。貧しい人々が彼女の前にひれ伏して、海に捨てないでください、どうか分けてください、と懇願した。しかし彼女の心は石のように固く、命令の実行を迫った。

　船長は、もはや、怒りを抑えることが出来ず、叫んだ。「こんな邪心を神が許すはずがない。あなたが捨てる小麦を一粒一粒拾って、飢えをしのがねばならない日がきっと来るでしょう」。「私が貧しくなるって？　ごらん、この指輪を海に投げ込むから。もし、それがふたたび私の目の前にあらわれるような奇跡でも起こらないかぎり、私が他人のパンを乞うなどということは、ありえません」と言うと高価な指輪を指から抜き取り、浪間に投げ込んだ。

すると、どうなったか。数日後、女主人の女中が市場に行って、タラを一匹買い、台所で料理しようとした。魚を切り開くと、中から、あの指輪が出てきたではないか。それを女主人に見せると、それは、まぎれもない、あの指輪だった。彼女の驚きはどんなだったか。良心に罰の前触れを感じた。ちょうどそのとき、東洋から積荷を満載して帰国する彼女の商船が座礁したという知らせが届いた。さらに数日後、高価な商品を積んだ船が次々に沈没したという知らせが続き、一年も経たないうちに、彼女は全財産を失った。そして乞食してパンを得ねばならなかった。やつれ果てて絶望のうちに死んだ。船長の予言が的中したのだ。

　海に投げ込んだ小麦粉はどうなったか。翌年、芽を出し茎が成長したが、穂はカラッポだった。神様はこの不遜な町から保護の手を引いてしまったのである。ある日、ツルベ井戸からニシン、ヒラメの類が採れた。その夜のうちに海が開いて、町の四分の三以上を呑み込んでしまった。海から生えだした植物は地上のどこにもなく、植物図鑑にも出ていない。その砂州は「婦人の砂浜」（Frauensand）と呼ばれ、スターフォレンの町に沿ったところにある。

［注］アムステルダムから汽車で1時間のエンクハイゼン（Enkhuizen）から船で1時間20分のところにスターフォレンがある。Stavorenはオランダ語形で、フリジア語形はStáveren（スターフェレン）という。Zuiderzee（南の海）は北海（North sea）に対す。1932年に堤防が完成し、内海の部分はエイセル海（Ijsselmeer）と呼ばれる。

175

二つの数（Two, Zweizahl）DRにDreizahl（三の数）はあるが、Zweizahl（二の数）がないので、日本語の例を記す。男・女、神・人間、大人・子供、人間・動物、海・陸、右・左、プラス・マイナス、大・小、白・黒、晴・雨。

二人の兄弟（The Two Brothers; Die zwei Brüder, KHM 60）金持ちの兄と貧しい弟がいました。兄は金細工師（goldsmith, Goldschmied）、弟は、ほうき職人（broombinder, Besenbinder）でした。弟が森で金の鳥を射落としたので兄のところへ持って行くと、その鳥を多額のお金で買い取りました。兄はそれを全部食べるつもりだったのですが、弟の双子の息子が、ポロリと落ちてきた心臓と肝臓を食べてしまったのです。ところが、この鳥は、ただの鳥ではなかったのです。弟の息子たちは、その翌日から、朝起きると、必ず枕の下に金貨を発見しました。

二人のそっくりの息子（The Two Identical Sons; Die zwei gleichen Söhne, DS 441）フランク王ピピン（Pippin）は美しい乙女と結婚し、息子を一人生んだが、その母は出産後に亡くなった。その後まもなく王は新しい妻を迎え、彼女も息子を生んだ。王は二人の息子を遠い国に送り、外国で教育させた。二人はあらゆる点で似ていて、ほとんど見分けが出来なかった。妻は息子に会いたがった。王は二人を宮殿に連れてくるよう命じた。兄と弟は一年違いだが姿も身長もまったく同じで、両方とも父親に似ていた。夫が教えてくれないので、妻は泣き出した。「泣くのはおやめ、これがお前の息子だよ」と最初の妻の子を指した。

女王は喜んで、その子だけを大事にし、もう一人、これが実の息子だったのだが、それには目もくれなかった。（Gesta Romanorum, Nr.116）［注］ピピン三世（714/715-768）の息子カールがのちのローマ皇帝カール大帝。原文ではどちらの息子か不明。

ブラギ（Bragi, DM 193）詩と雄弁の神。イドゥン（Idun）の夫。最良のスカルド詩人（skald）であり、普通名詞bragrは「詩」の意味に用いられる（-rは男性名詞主格）。ブラギは詩の創造者（frumsmiðr bragar, auctor poeseos）と呼ばれる。bragrは詩人ばかりでない。bragr karlaは雄弁者、実力者（vir facundus, praestans）、ása bragr（deorum princeps）はトール（Thor）を指す。bragr kvennaは最高の女性（femina praestantissima）の意味。

フリッグ（Frigg, DM 248）オーディンの妻、バルドゥルの母。ローマ神話のウェヌスにあたる。フリッグの日がFriday, Freitagの語源になった。言葉が少ない（寡黙）。結婚をつかさどる。ギリシア神話のヘーラー（Hêrā）、ローマ神話のユーノー（Jūnō）にあたる。

フレイ（Freyr, -rは男性語尾）北欧神話で、オーディン、トール、テュールに次いで重要な神。ヴァナ神族（vanir）のニョルド（Njörðr）と巨人の娘スカディ（Skaði）の息子。巨人の娘ゲルド（Gerðr）に恋をして結婚する。妖精の国（アルフヘイム, Alfheim）に住み、小人の作った魔法の船スキドブラドニル（Skiðblaðnir 'sheath-blade'）を持っている。この船にすべての神々を

177

乗せることができ、不要のときには小さく畳んでポケットにしまうことができる。Freyr はゴート語の frauja にあたり、ギリシア語 kyrios（主人）を訳したものである。

フレイヤ（Freyja, DM 180）上記フレイ（Freyr）の妹。北欧神話の美と豊穣の女神。多くの神から求婚されたが、オード（Óðr, のちに Odin と同一視される）の妻となった。彼女はアスガルド（Asgard, 神の国）の城壁を作る代償に巨人族から求められた。また、トールのハンマーを返す条件として花嫁に求められた。フリッグとしばしば混同される。ローマ神話の美の女神ウェヌスにあたり、diēs Veneris（ウェヌスの日, フランス語 vendredi）と同様、Friday の語源。Freyja は本来 Frigg と同じ（Falk-Torp の『ノルウェー語・デンマーク語語源辞典』1911）。

ブレーメンの音楽隊（The Musicians of Bremen; Die Bremer Stadtmusikanten, KHM 27）年を取ったために、お払い箱になったロバ、イヌ、ネコ、オンドリの四匹が、特技を生かして音楽隊になろうと、ブレーメンの町を目指しました。途中の森の中の小屋で泥棒たちがご馳走の酒盛りをしていました。四人はヒヒーン、ワンワン、ニャーニャー、コケコッコーと叫ぶと、泥棒たちは化け物が来たのかと思って、驚いて逃げてしまいました。そこで、四人はブレーメン行きをやめて、その小屋で仲よく暮らしました。いまブレーメンの広場にはこの四匹の銅像が立っています。

ブレスラウの鐘の鋳造（Casting the Bell of Breslau; Der Glockenguss zu Breslau, DS 126）ブレスラウ（ポーラン

ド名Wrocław ヴロツワフ）の聖マリア・マグダレーナ教会の鐘が鋳造されることになり、あとは鋳型に鉄を流し込むだけとなった。親方は、その前に食事を済ませようと出かけた。そして弟子に溶鉱炉の栓に手を触れるなと厳重に注意した。しかし弟子は、灼熱した金属を見たいと思って、栓をねじってみた。すると、あっという間に灼熱した鉄が鋳型に流れ込んだ。弟子は驚いて親方のところに駆けつけ許しを乞うた。親方は腹を立てて、即座に剣で弟子を切り捨てた。それから溶鉱炉に急行し、まだ救える部分が残っていないかを見ようとした。すると、どうだ。冷却が終了すると、見事な鐘が出来上がっているではないか。親方は性急な行為を後悔し、急いで引き返したが、弟子はすでに死に絶えていた。彼は逮捕され、死刑を宣告された。処刑される前に新しい鐘の音をきかせてください、と言った。親方の願いは許された。それ以来、罪人が市役所から出て刑場に向かうときには、いつも、この鐘が鳴らされる制度ができた。この鐘は非常に重く、50回鳴らすと、そのあと50回もひとりでに鳴る。

ブロッケン山（Brocken, DM 878）北ドイツのハルツ（Harz [haːrts]）山地の最高峰で、魔女の集合地として有名。

フン族の移住（The immigration of the Huns; Die Einwanderung der Hunnen, DS 379）フン族は略奪と狩猟の生活を送っていた。ある日、フン族の数人の猟師がアゾフ海（原文mäotischer See=the Sea of Azov）の岸に来ると、思いがけず、目の前に一匹の牝鹿があらわれた。この

179

牝鹿は海の中に入り、前に進んでは立ち止まりして、彼らに道案内をした。猟師たちは湖を渡った。以前は海だと思い、渡るのは不可能だと思っていたのだ。彼らは今までに見たことのないスキュタイの国を見たと思ったとき、牝鹿は姿を消した。この奇跡に驚いて、彼らは祖国に帰り、人々に美しい国と、牝鹿が示した道を告げた。それからフン人は集まり、敵の抵抗もなく、スキュタイの国に移住した。（Jordanes, p.104）［注］Scythia＝南ロシア。スキュタイ人はイラン系。今日、コーカサスのオセチア（Ossetia）に残る。首都はヴラジカフカス（Vladi-kavkaz「コーカサス制覇」の意味, cf.Vladi-vostok 東方制覇）。Kavkazはロシア語呼称。言語はオセチア語（Ossetian）でイラン系。

［ヘ］

ヘイムダル（Heimdallr, DM 193）北欧神話で、天界の警備を担当する。神々の国と人間の国を結ぶ天の橋（ビフロスト, Bifrost, 虹の橋）を見張っている。巨人どもが攻めてくるときに、ギャラルホルン（Gjallarhorn）という笛を吹いて危険を知らせる。九人の母（または姉妹）の息子とされる。視力・聴力にすぐれ、昼も夜も100マイル先まで見ることができる。草の成長、ヒツジの毛（羊毛）の成長も聞き取ることができる。リーグ（Rígr, cf.アイルランド語rí, 対格ríg「王」, ラテン語rēx）という名で人間の世界を歩く（エッダの中のRígþula リグの歌）。

ヘビ（serpent; Schlange, DM 569）英語snake, フランス語 serpent（セルパン）は這う者の意味。ドイツ語Schlange（シュランゲ）は巻きつく者の

意味。北欧神話で、大地を取り巻く大蛇ミッドガルドオルム（Miðgarð-s-ormr, 中国のヘビの意味）は神々の黄昏のとき、大地を破壊する。ヘビはキリスト教以後、誘惑者として悪者扱いされる。エデンの園のヘビは悪魔（Devil, Teufel）の化身である。しかしグリム童話『三枚のヘビの葉』（KHM 16）の中で、ヘビの葉三枚のおかげで王女が生き返る。『白いヘビ』（KHM 17）の中で、ヘビの切り身を一口食べたところ、動物の言葉が分かるようになり、王の家来は無実の罪を晴らすことができた。ドイツ伝説221『ヘビの女王』（Die Schlangenkönigin）の中で、羊飼いの娘がミルクを与えてヘビの病気を治し、それに対してヘビが恩返しをする。

ヘル（Hel, DM 259）北欧神話で地獄の女神。ロキと巨人女との間の娘。フェンリス・オオカミの妹。彼女は、半分は黒く、半分は人間の色をしている。病気や老齢で死ぬ人は「ヘルのもとに行く」（fara til Heljar）と言い、戦いに倒れた英雄はワルハラ（Valhalla）に行く。デンマーク語・スウェーデン語でslå ihjel（地獄へ行くように打つ）は「殺す」の意味になる。

ベルンのディートリッヒ（Dietrich von Bern, DM 309）ドイツ英雄伝説の最大の人物。東ゴートの王Theoderich（454-526, theode 民衆の, rich 王）を指し、ディートリッヒ大王と呼ばれる（Dietrich der Grosse, Theodoric the Great）。パンノニア（Pannonia, いまのハンガリー）に生まれ、493年イタリアの王となり、30年間平和と繁栄をもたらした。ディートリッヒ伝説はハンザ商人によりベルゲン

に伝えられ、ノルウェー語に訳されたThidrekssaga（ディートリッヒのサガ）は北欧に広く普及した。

ペロー（Charles Perrault, 1628-1703）フランスの童話作家。原題Contes de ma mère l'oye（ガチョウおばさんのお話, 1697）は「眠れる森の美女」「赤ずきん」「青ひげ」「長靴をはいたネコ」「サンドリヨン（シンデレラ）」など有名な童話を含んでいる。このうち赤ずきん、長靴をはいたネコ、シンデレラなどはグリム童話にも入っている。新倉朗子訳『ペロー童話集』（岩波文庫）がある。

ヘンゼルとグレーテル（Hansel and Grethel; Hänsel und Gretel, KHM 15）木こり夫婦は生活が苦しかったので、息子のヘンゼルと娘のグレーテルを森の中に置き去りにしました。おなかをすかせた二人の子供は、森の中をさんざん歩きまわったあとで、お菓子の家（bread cottage; Brothäuslein）を見つけました。ワーッ、ご馳走だ！　と家の壁をかじり始めると、中から魔女が出てきて、もっとおいしいものが中にあるよ、と案内されました。ところが、翌日からヘンゼルは牢屋に入れられ、グレーテルは女中として働かねばなりません。しかし、グレーテルの知恵と勇気で魔女をやっつけて、二人は家に帰ることができました。

[ほ]

北欧神話の九つの世界（Nine Worlds, neun Welten, DR, DM 664）1. Asgard（アサ神族の国）；2. Vanaheim（ヴァナ神族の国）；3. Alfheim（白妖精の国）；4. Midgard（中園，人間の世界）；5. Jotunheim（巨人の国）；6.

Muspellsheim（炎の国）；7. Svartalfheim（黒妖精の国）；8. Niflheim or Niflhel（霧の世界，霧の地獄）；9. Aegisheim（水の世界、海の世界）。J.Grimmは古代ノルド語níu heimar（nine worlds）と述べているが、具体的な名称はないので、Hugo Geringのドイツ語訳『エッダ』（Leipzig & Wien, 1892, p.66）によった。

星の銀貨（Star Dollars; Die Sterntaler, KHM 153）小さな女の子がいました。両親は亡くなり、住む家も寝るベッドもありません。あるのは着ているものと、親切な人から貰った小さなパンが一個だけです。少女は神様を信じて野原に出ました。すると男の人がやってきて、食べ物を乞いました。少女はパンを与えてしまいました。次に子供がやって来て、寒いというので、帽子を与えました。いろいろな人が次々にやって来て、胴着もスカートも与えてしまいました。森に着いたとき、最後に、襦袢（ジュバン）をください、と言うのです。もう暗いので、誰にも見られないだろうと思って、それも与えてしまいました。すると、どうでしょう。そのとき、空から小さなお星さまが、パラパラと降って来て、それが地面に落ちると、ピカピカの銀貨に変わっているではありませんか。その上、少女は上等のリンネルの襦袢<ruby>襦袢<rt>じゅばん</rt></ruby>を着ていました。彼女はお金を拾い集めて持ち帰り、しあわせに暮らしました。（グリム兄弟のうろ覚えからの筆録。流れ星は幸運のしるし）挿絵p.14

ホレおばさん（Old Mother Frost; Frau Holle, KHM 24）みなさん、雪の降るわけをご存知ですか。ホレおばさん

183

がベッドの羽ぶとんをたたくとき、羽が飛び散るからなんですよ。娘は継母（ままはは）と継娘（ままむすめ）にいじめられていました。彼女が道端の井戸のそばで糸を紡いでいるとき、糸巻を中に落としてしまったのです。継母にそれを告げると、井戸の中に入って取っておいで、と言われました。井戸の中に入ると、そこには美しい牧場がありました。歩いて行くと、ホレおばさんに出会ったのです。お手伝いとして熱心に働いたので、お別れに金貨をたくさんもらいました。その話を聞いて、継母の娘も真似しましたが、彼女は怠け者だったので罰として、金貨のかわりに、コールタールが落ちてきて、真っ黒になって家に帰ってきました。

［ま］

魔女（witch; Hexe, DM 861）魔女は老婆の姿をして、または美しい若い女の姿をして人間の前にあらわれる。彼女らは好んで牧場、カシワの草原、ボダイジュの木の下、ナシの木などのまわりに集まる。ブロッケン山のワルプルギス（Walpurgis）が有名。魔女の用語は16・17世紀まではUnholde（優美でない者の意味）のほうが普通だったが、17・18世紀になってHexeのほうが好まれるようになった。Hexe（ヘクセ）は『ヘンゼルとグレーテル』KHM 24や『乙女イルゼ』DS 317などにあらわれる。

貧しい粉屋と子ネコ（The Poor Miller's Son and the Cat; Der arme Müller und das Kätzchen, KHM 106）年取った粉屋に三人の若者が奉公していました。ある日、三人を呼んで言いました。「お前たちのうちで、一番上等の馬を持っ

てきた者にこの粉ひき小屋を譲るぞ」。三人はそろって旅に出ました。最初の若者はめくらの馬を、二人目はびっこの馬を、三番目は一番若いハンスですが、途中で出会った三毛猫（これが女王なのです）のおかげで、六頭立ての馬車と、おまけに、女王さままで連れて帰って来ました。

魔法（witchcraft; Zauber, DM 861）奇跡を行なうのは神の業（わざ）であるが、魔法を行なうのは悪魔的である。英語witch（魔法使い）は女性で、男性形wizardはwise manが原義（語尾はdrunk-ard, bast-ard）。ドイツ語Zauberの古い形zouparにあたるラテン語はdivinatio（占い、予言）やmaleficium（悪行）である。ノルド語trolldom（魔術）はトロル（trold, troll）の技の意味である。ラテン語sortilegium（予言）はsors, sortis（くじ、くじの棒、運命）を読むこと（legium）の意味で、前半の形容詞sortariusからフランス語sortier（魔法使い）、sortière（魔女）がきている。ドWeissagerは「賢いことを言う人、予言者」の意味。古代ノルド語の予言者はspámaðr（予言男）、spákona（予言女）。spá（予言する）はラテン語specio（見る）と同根で「未来を見る」が原義。ドSpiegel（鏡）の中にspec-（見る）が入っている。

［み］

ミーミルの泉（Mimirs Quelle, DM 664）ミーミルは知恵の巨人で、オーディンの叔父にあたる。この泉の水を1杯飲ませてもらうためにオーディンは片目を提供し、最高の知恵を得る。この泉は宇宙樹ユグドラシル（Yggdrasil）の根

元にある。木が枯れないようにミーミルの三人の娘が水を注いでいる。語根 mim- はラテン語 mem-or（記憶）参照。

巫女の予言（Seeress' Prophecy; Die Weissagung der Seherin, Völospá, DM 80）詩のエッダの中で最も有名な詩編。64節、頭韻を踏む228行からなる。北欧神話の巫女は数千年の過去から始まる歴史を記憶し、未来を予言することができる。巫女（völva）は杖（ノルド語 völr, ゴート語 walus）を持つ者の意味。彼女はオーディンの求めに応じて、天地創造、巨人と神々の誕生、人間の誕生、バルドルの死、巨人族と神々の戦い、神々の黄昏（Ragnarok）を語り、新世界（キリスト教）の誕生を予言する。

水の権利（Wasserrecht, DS 61）川は人間のいけにえを要求する。ライプツィヒの、エルスター川（Elster）がプライセ川（Pleisse）に流れ込むところで、夏に水浴びをしていると、流れが変わることがある。水の精が誘惑しようとするためである。ほかの川でも、毎年、夏に人間が溺死する。水の精が人間を引きずり込むためだといわれている。「ラーン川が呼んだ」を参照。

水の精（The Merman; Der Wassermann, DS 49）1630年ごろ、ザールフェルト（Saalfeld）から半マイルのところで、老いたお産婆さんが次の話をした。私の母も産婆だったのだが、ある夜、水の精に呼ばれて、妻の出産に立ちあってほしいと言われ、水の中を下りて行くと、妊婦が待っていた。産婆は必要な支度をして、無事に出産を終えた。お母さんになった彼女は感謝して、身の上を語った。

私もあなたのようにキリスト教徒だったのよ。しかし、水の精に誘惑されて、ここに連れてこられました。夫は三日目に子供を食べてしまいます。三日目に来てごらんなさい。水が赤く染まっていますから、と。水の精の夫はお礼に大金を出したが、産婆は受け取らず、家に帰してください、と言って、無事に帰宅することができた。

水の精と農夫（The Merman and the Farmer; Der Wassermann und der Bauer, DS 52）水の精は人間と同じ姿をしているが、口の中をのぞくと、緑色の歯が見える。また、緑色の帽子をかぶっている。湖の近くで、水の精が農夫と親しくしていた。ある日、水の精が、ぜひ湖の底にあるわが家に遊びに来てください、と誘った。案内されて行くとそこは地上の宮殿のように豪華に飾られていた。小さな部屋に来たとき、壺がたくさん逆さに立ててあったので、尋ねると、それは溺れた人たちの魂で、逃げないように壺の口を下に置いてあるのだと説明した。農夫は、日を改めて水の精が留守の機会を待って、再び水の宮殿に赴いた。そして、壺をひっくり返すと、溺れた人々の魂が水中から空中に舞い上がり、救われたのだった。

水のみ百姓（The Little Farmer; Das Bürle, KHM 61）村の農夫はみな裕福なのに、一人だけ、貧しい百姓がいました。そこで彼のことを小さなお百姓（Bürle=Bäuerlein）と呼んでいました。牛一頭さえも持っていませんでしたが、なかなかのとんち者で、300ターレルの金貨を手に入れ、立派なお家も建てました。

三つの言葉（The Three Languages; Die drei Sprachen, KHM 33）スイスの老伯爵に一人息子がいました。ところが、息子は愚かで、学問もだめ、手職もだめでした。しかし、イヌの言葉と鳥の言葉とカエルの言葉を覚えました。そのおかげで、最後にはローマ法王にまで出世しました。

ミッドガルド（Midgard, Miðgarðr, DM 464, 662）中央の園の意味で、人間の国を指す。神々の国（Asgard）と地獄（Helheim）の中間に位置する。神々の国とは虹の橋（ビフロスト, Bifrost）で結ばれ、天空が東西南北（ostr, vestr, suðr, norðr）という四人の小人（dvergr, dwarf）によって支えられている。

緑の森の王（King Green Forest; König Grünewald, DS 92）オーバーヘッセン州のクリステンベルク（キリストの山）に王様と一人娘が住んでいた。グリューネヴァルト（緑の森）という王が攻めてきて、城を包囲したとき、王女みずから敵の中に乗りこみ、私とロバに積めるだけの持ち物を持って城から出ることをお許しくださいと頼んだ。その許可を得た王女は父を袋に入れてロバに積み、城を出た。

　敵の危険から十分に逃れるところまで来たとき、王女はHier wollemer ruhen =Hier wollen wir ruhen! ここで休みましょう、と言った。その村はヴォルマー（Wollmar）と呼ばれ、クリステンベルクから1時間のところにある。それから一行は荒野を通り抜け、平らな土地を見つけた。王女はHier hat's Feld!（ここに野原がある：es hat, cf.フランス語il y a）と言った。彼らはそこに留まり、城を建ててHatzfeld（ハッツフェルト）と呼

んだ。その名の小さな町はクリステンベルクから西に4時間のところにあり、エーデル（Eder）河畔にある。［注］町の発達過程：野原Feld→村Dorf→町Stadt（渡辺尚子「ドイツ都市の成立について」学習院大学独文科2000年度卒業論文）

身分（Stand, DR 1,311）支配者（herrschende）、貴族（der edle）、自由民（der freie）、召使（農奴, knechte）の四つがある。タキトゥスの『ゲルマニーア』では貴族（nobiles）、自由民（ingenui）、召使（servi）の三つがあげられている。主人（Herr）の権力は絶対的で、召使の花嫁（braut）の初夜（erste nacht）は主人の特権である（1,525）。

［む］

ムスペル（Muspellr, DM 674）巨人の名で、南にある炎、灼熱の世界である。宇宙滅亡の際にムスペルの国から炎の一族が攻めて来て、すべてを焼き尽くす（巫女の予言51節）。古代ドイツ詩ムスピリ（Muspilli, 9世紀）は宇宙の滅亡を扱っている。

［め］

迷信（superstition; Aberglaube, DM 925）正しい道を逸した（迷える）信仰の意味で、キリスト教以前の信仰・風俗・習慣をあらわす。迷信に能動的なもの（tätig）と受動的なもの（leidend）がある。能動的はラテン語auguriumやsortelegiumにあたる。受動的はomenにあたる。能動的迷信は実用的な目的をもち、人は病気を治し、敵を倒し、将来の幸福を確保しようとする。受動的迷信は人間の意志とは無関係の天候、災害、幸不幸を指す。オーディンの友

カラス（Rabe）とオオカミ（Wolf）は吉兆をもたらす。

　男子名ヴォルフラム（Wolfram＜wolf-hrabanオオカミ・カラス）は幸運を願う両親の命名である。男子名ヴォルフガング（Wolfgang, オオカミ・歩行）も同様で、出陣あるいは決闘に出かけるときに、オオカミに出会うのは幸運の兆しである。教会や建物の下に馬、小羊、そして人間さえも生き埋めにするのは、神へのいけにえとして、堅固な建造を願うためである。予言も迷信の分野に入る。

女神（Goddesses; Göttinnen, DM 207）神々の母で、人間に家事、農耕、種まき、収穫、牧畜、機織りを教える。北欧神話の主要な女神はフリッグ、フレイヤ、イドゥン。

女神ホレ（Lady Holle; Frau Holle, DM 222）ドナル（Donar）が雷を鳴らすように、彼女は雪を降らせる。ベッドを作るとき、羽が飛んで、それが雪となる。湖や泉に憩うことを好む。昼時には美しい仙女の姿をして水浴びをする。wasserholde（水の精）のholdeの低地ドイツ語形がHolleとなった。ホレは、また糸をつむぐ女性として描かれる。『ホレおばさん』KHM24（p.183）に出る。

［も］

物知り博士（Doctor Know-All; Doktor Allwissend, KHM 98）貧しい農夫が薪を、ある博士のお宅に届けました。すると、なんとまあ立派な家に住み、立派な食事をしているではありませんか。おれも博士様になれないもんだべか、と相談しますと、「なれますよ」と博士は次のような助言をくれました。「まず、ABCの本を買い、馬車と馬

を売って、紳士服を買いなさい、そして、家の戸口に
「物知り博士」という看板をかけなさい…」。さて、初仕
事は無事に成功して、依頼者の盗まれたお金のありかが
判明し、新米の物知り博士は大いに繁盛しました。

森に住む三人の小人（The Three Little Men in the Wood;
Die drei Männlein im Walde, KHM 13）妻を亡くした男に
娘がいました。ちょうど夫を亡くした女がいて、やはり娘が
いました。男は「結婚は楽しみであるが、苦しみでもある」
（Das Heiraten ist eine Freude und ist auch eine Qual）と
名せりふを言いましたが、結局、再婚しました。そのため、
男の娘は継母から散々な目にあいました。冬のさなかに、
森へ行ってイチゴをかご一杯に採って来いと言うのです。
とても無理な命令ですが、森の小人たちが助けてくれて、
最後に王様と結婚しました。まねた継娘は継母と一緒に命
を失いました。［注］真冬のイチゴ狩りはロシアのマル
シャーク（Samuil Marshak）の『森は生きている』（1945,
湯浅芳子訳、岩波少年文庫, 1953）に似ている。

森の精（Waldgeister, DM 403）森や樹木に住む。巨人
あるいは小人の姿をしているが、ふつう、人間の姿に似
ている。しかし、あらゆる動物や植物に変身しうる。ド
イツ語でWaldgott（森の神）、Waldteufel（森の悪魔）、ラ
テン語でsylvanus（森の住人）、ギリシア語でsátyros（ヤ
ギの耳と尻尾をもっている）という。ゴート語skohsl
はギリシア語daimónion「悪霊」の訳に用いられる。

森の中の老女（The Old Woman in the Wood; Der Alte

im Wald, KHM 123）馬車が森の中で盗賊に襲われて全員が殺されましたが、娘が一人だけ生き残りました。恐怖と疲労と空腹のため一歩も歩けなくなり、木の下に坐りこんでいると、一羽の白い小鳩が飛んできて、黄金の鍵をくれました。それで木の幹の錠を開けると、牛乳とパンが入っていました。二つ目の鍵でベッドが、三つ目の鍵で衣装が出てきました。小鳩は毎日来てくれましたので、娘はしばらく平穏な生活を送りました。ある日、小鳩は娘に頼みごとをしました。森の中に住んでいる老女の部屋にある石を取ってきてほしいというのです。娘は指示どおり石を持ち帰ることができました。その石で小鳩は呪いを解かれ、王子様に戻ることができたのです。まわりの木々も人間に生き返りました。そして娘は王子様と結婚しました。この老女は『ヘンゼルとグレーテル』の魔女なのだ。（グリム原注）

［ゆ］

幽霊（Gespenster, DM 761）天と地の間をさまよって、安らぎを得ることのできない霊。静かな、祝福された霊をローマ人はmanesと呼び、気味の悪い、騒々しい霊をlemuresあるいはlarvaeと呼んだ。静かな霊はドイツ語geheuer（es ist geheuer 静かだ、平穏だ）、その反意語ungeheuerは恐ろしい、身の毛のよだつ、名詞das Ungeheuerは怪物である。ノルウェーにはドラウグ（draug）という首なしの幽霊がいて、遭難に会って死ぬ運命にある人の前に現れる。デンマークのシュルト島（Sylt＜'See-land'）ではGongers（pl.）「歩く者」と呼ば

れる。イプセンの Gengangere （1881）『幽霊』は「再び歩く者，そっくりの歩き人」の意味。

ユグドラシル（Yggdrasil, DM 61,664）北欧神話の宇宙を支える樹木、宇宙樹（World-Tree, Weltbaum）。オーディンの馬の意味。ユグ（Yggr）はオーディンの別名、drasil は「馬」。オーディンはこの頂上にある展望台（Hliðskjálv）から9つの世界を眺めている。オーディンの両方の肩には二羽のカラス、フギン（Huginn, 思考）とムニン（Muninn,記憶）がいて、世界を飛び回り、情報を伝える。樹木には二匹のリスがいて、地上のニュースをオーディンに伝える。ユグドラシルの根元にはミーミルの泉があり、三人の乙女（ノルン，Norn）が守っている。

夢（dream; Traum, DM 958）ドイツ語に「夢は泡のようにはかない、夢はうつつ」Träume sind Schäume（トロイメズィントショイメ）ということわざがあり、またフランス語でも「夢はうそ」Songes, mensonges（ソンジュマンソンジュ）という。しかし、夢を軽んじてはならない。Träume sind Gäume（トロイメズィントゴイメ）（夢は警告である）というべきである。夢解き（Traumdeutung）（トラウムドイトゥング）が正しいことは『ニーベルンゲンの歌』の中でクリームヒルト（Kriemhild）が見た夢にも見られる。彼女は自分の飼っているタカがワシに襲われて殺される夢を見た。母親のウーテ（Ute）が、それはお前の将来の夫が殺されるという夢だよと解いて、その通りになる。彼女は英雄ジークフリートと結婚して幸せな数年を送るが、ジークフリートはグンターの家来ハーゲンに殺された。『眠れる王』（DS 433）の王グントラムは夢に見た

通り、先史時代の金銀財宝を発見した。北欧の神々が愛したバルドルは毎晩不気味な夢を見る。それが正夢となり、盲目の弟ホドルが投げたヤドリギのために死ぬ。

［よ］

妖精（elf; Elbe, DM 374）森に住み、美しい容姿をして、しばしば男性を踊りに誘う。北欧のバラッドでは『妖精の一撃』（Elverskud）が有名。古代ノルド語álfr（複álfar）の語源は「白い」（ラテン語albus）。男名Alfredは妖精の助言者の意味。黒い妖精（svartálfr）は岩山に住み、金銀細工が得意で、小人（dwarf, Zwerg, dvergr）と同一視されることがある。身長は40センチから60センチで、人間の4歳児ほどの背丈である。伝説ではニーベルンゲンの歌のアルベリヒ（Alberich）やケルト伝説のオベロン（Oberon＜Alb）が有名。ノルウェーではhulder（複huldre）という。アダムとイブの子供であるが、神に罰せられて人間には姿が見えない存在になった。丘や山に住み、音楽やダンスを好む。美しい容姿をしているが、背中が空洞である。女性は森で美しい男性を誘惑する。彼女らのダンスに加わってから人間の世界に戻ると、発狂して死ぬ。人間の子供を盗み、代わりに取り替え子（Wechselbalg, 醜い）を置いて行く。単なるálfrは白い妖精を指し、svartálfr（黒い妖精）と区別される。英文学にelf-queen（Chaucer）, Faerie Queene（Spenser）, fairy-queen（Percy）などがある。

要素（elements, Elemente, DM 483）水、火、空気、大地の四つがある。要素は、すべて、人間を清潔にし、病を癒

し、罪を償う。アレマン人とフランク人は川や泉を崇拝しそのほとりで祈りを捧げる。明かりをともし、供物を供える。水と同様に火も生き物と見なされた。エッダによると火は風や海の兄弟で、赤い風（red wind, der rote Wind）と呼ばれる。世界の火（Weltfeuer）はムスピリ（Muspilli）と呼ばれる。空気や風は嵐を生み、いずれも生き物と見なされた。大地は万物の母（die nährende erde, aus welcher alles wächst, 人間を養う大地、すべて必要なものが成長するゆえに）であり、「大地」のギリシア語gê、ラテン語terra、ロシア語zemljâなど、みな女性名詞である。

曜日名（Names of the days of week; Wochentagsnamen, DM 102） 英 語Sunday, Monday, Tuesday, Wednesday, Thursday, Friday, Saturdayは「太陽の日、月の日、軍神の日、オーディンの日、トールの日、フリッグの日、サトゥルヌスの日」；ドイツ語Sonntag, Montag, Dienstag, Mittwoch, Donnerstag, Freitag, Samstagは「太陽の日、月の日、軍神の日、週の中央、トールの日、フリッグの日、安息日」。フランス語dimanche, lundi, mardi, mercredi, jeudi, vendredi, samedi. ラテン語diēs Sōlis, diēs Lūnae, diēs Mercūriī, diēs Jovis, diēs Veneris, diēs Saturnīは太陽の日、月の日、軍神マルスの日、商業の神メルクーリウスの日、美の女神ウェヌスの日、農耕の神サトゥルヌスの日。ギリシア語（現代語）Kiriaki, Deftéra, Tríti, Tetárti, Pémpti, Paraskeví, Sábbatoは主の日、第2日、第3日、第4日、第5日、安息日のための準備日、安息日。ポルトガル語も曜日に序数を用いdomingo,

セグンダフェイラ テルサ クワルタ キンタ サバド
segunda-feira, terça-feira, quarta-feira, quinta-feira, sabado
「主の日、第2日、第3日、第4日、第5日、安息日」。

四の数（Vierzahl, DR 1,290）四つの場所＝東・西・南・北
（ost, west, süd, nord；英north, south, east and west）。裁
判官の椅子は四つ。税金は4ペニヒのことが多い。

［ら］

ラーン川が呼んだ（Die Lahn hat gerufen; Das grosse
deutsche Sagenbuch, von H.Rölleke, Nr.547）ラーン川とフ
ルダ川は、毎年、人間のいけにえ（Menschenopfer）を要
求する。ラーン川の、ギーセンの付近で、誰かが溺れ死ん
だときは、いつも、前もって予告があった。川辺にいる水
車小屋の主人や漂白職人（川の水で衣類や板を漂白する）
が、もう何度もそれを聞いた。いつも、お昼の11時と12時
の間に起こる。ラーン川がざわめき、波が高まる。そして
盛り上がった流れから、大きな叫び声が聞こえる。「時が来
た。人間がほしい」。それを聞くと、誰もがゾッとする。そ
して、ささやく。「ラーン川が呼んでいるぞ。また誰かが溺
れ死ぬぞ」。そして、いつも、実際に起こったのだ。まもな
く、誰かが溺れ死んだ。ヘスラー河畔のノイシュタット付
近で、ラーン川が太い、うつろな声で叫ぶ。「人間がほしい、
人間が一人ほしい」。すると魚がたくさん網にかかる。魚に
とっても怖いからだ。ノルウェーやスウェーデンにも「時は
来たが、人間はまだ」の民話がある。（p.145）

楽園（Paradise; Paradies, DM 686）新約聖書のエデンの
園、極楽浄土。エデンはヘブライ語で喜び、歓喜の意味。

果実が実り、ミルクと蜜が流れ、人は働かずに生活を楽しむことができる。北欧神話ではワルハラが英雄たちの楽園となり、オーディン、その妻フリッグ、12人のワルキューレとともに酒宴を楽しむ。インド神話では英雄の天国、ギリシア語ではElysion（Elyseum）という。パリの大通りシャンゼリゼ（Champs Elysées）は英雄の極楽浄土を模して命名された。ミルトンの叙事詩『失楽園』（Paradise Lost, 1667）12巻は天上に反乱を起こしたサタンが地獄に落とされ、これに復讐せんとしてヘビに化け、イブを誘惑して人間を堕落せしめんとする物語である。続編『復楽園』（Paradise Regained, 1671）では、イエスがサタンの誘惑に打ち勝って、楽園が回復された。パラダイスの語源は中世イラン語 *pardēz（囲い地）で、ギリシア語*perí-toikhosのtoîkhosはドイツ語Teigこね粉, ドーナツの英dough.

ラグナロク（Ragnarok, DM 679）北欧神話で神々の黄昏。原義は神々の（ragna）終末（rok）。神々と巨人族の戦いが始まり、怪物フェンリス・オオカミ（Fenrisúlfr）が太陽と月を呑み込む。すると厳寒と暗黒の冬（Fimbulvetr, vetr=winter）が三年続く。オーディン、トール、テュール、フレイの神々が倒れ、巨人族も総倒れとなり、宇宙は海中に沈む。これは旧世界（異教時代）の終焉と新世界（キリスト教）の到来を意味する。ワーグナーのオペラあり。

ラスク、ラスムス（Rasmus Rask, 1787-1832）デンマークの言語学者。『古代ノルド語またはアイスランド語の起源の研究』（1818, 328頁）でアイスランド語とラテン

語・ギリシア語の音韻対応（子音の対応）を発見し、の
ちにグリムの法則と呼ばれる法則の基礎を築いた。1823
年インド旅行からアヴェスタ語やパーラヴィー語の写本
を持ち帰ると、グリムのドイツ語文法（1819, 1822）が
届いていた。ラスクは1831年コペンハーゲン大学東洋
語教授に任命されたが、就任後、1年たらずで、肺病の
ために亡くなった。

［る］

ルーン文字（Runes; Runen, Runenschrift, DM 1024）24
文字からなり、最初の6文字をとってfuþark（futhark）
フサルクともいう。木や石に刻まれ、ルーン碑文
（Runic inscription, Runeninschrift）と呼ばれる。ラテ
ン文字が普及する以前に北欧諸国、イングランド、メク
レンブルク、ブランデンブルク、ザクセン、オーバーフ
ランケン、ボヘミアに用いられた。

［れ］

隷属（slavery; Sklaverei, DR 1,443）自由を失う（unfrei）
原因は戦争と征服である。隷属者はラテン語でservus,
mancipium, ドイツ語knecht, ゴート語skalks（ギリシア語
doûlosを訳す）と呼ばれる。隷属の奴隷（leibeigner
knecht）は主人の命令ならば直ちに起きて用向きの場所へ
赴かねばならない。人を殺さねばならぬこともある。下女
（mägde）の仕事は穀物挽き、洗濯、部屋の暖めであった。

［ろ］

老犬スルタン（The Old Sultan; Der alte Sultan, KHM

48）スルタンはトルコの皇帝の意味である。農夫に長らく
仕えたスルタンは年老いたので、射殺されることになりま
した。スルタンが友人のオオカミに相談すると、よい知恵
を授けてくれました。農夫が畑で仕事中、オオカミが赤ん
坊を引きさらって逃げるから、イヌがあとから追いかけて
取り戻すがよい、と。作戦はまんまと成功し、農夫から、
よく助けてくれたと感謝され、昔の栄光を取り戻しました。

ロキ（Loki, DM 199）北欧神話の邪悪の神。奸智にたけ、
オーディン、トール、テュールの一族に加わり、神々を危
機から救った。三人の子供があり、長子はフェンリス・オ
オカミ、次の子はヨルムンガンド（Jörmungandr, 大蛇）、
第三子はヘル（死の女神）であった。牝馬に化けて牡馬
との間にスレイプニル（Sleipnir）という駿馬を生み、こ
れをオーディンに捧げた。美しい妻シフ（Sif）を得るが、
神々の黄昏において神々の敵にまわる。バルドルの盲目の
兄弟ホドル（Höðr）をそそのかしてバルドルを殺す。

六羽の白鳥（The Six Swans; Die sechs Schwäne, KHM
49）王様があまりに狩猟に夢中になって、家来たちからは
ぐれてしまいました。森の中からどうしても抜け出せないで
いると、一人の老婆に出会いました。道を尋ねると、一つ
だけ方法がある。それは私の娘と結婚することじゃ、と言
うのです。王様には6人の王子と一人の王女がいましたが、
お妃は亡くなっていたのです。魔女の娘は、なるほど美し
くはありましたが、王様は、どうしても好きになれません
でした。魔女の娘は、王様と先妻の子供たちとの仲を嫉妬し

て、6人の王子を白鳥に変えてしまいました。王女は兄たち
を探しに出かけて、エゾ菊の花（Sternenblume）から6枚
のシャツを作り、兄たちの魔法を解いてやりました。

ロバの子供（The Little Ass; Das Eselein, KHM 144）
お妃様にやっと念願の子供ができましたが、生まれてき
たのは小さなロバでした。お妃は嘆き悲しみましたが、
王様は、これも神様の思し召しと慰めました。ロバは陽
気に育ち、音楽が好きでした。師匠に弟子入りして、前
足で、師匠と同じくらいに上手に琵琶（びわ, Laute）を
弾けるようになりました。そこで、忠実なお供を一人連
れて旅に出ました。ある国の王様のところに滞在してい
るうちに、王様とお姫様に気に入られ、お姫さまと結婚
することになりました。お城の人々は心配しましたが、
結婚の翌朝、ロバは美しい青年になっていました。

[注] 動物婚（むこ）話だが、両親が何でもいいから子
供が欲しいと切望することからきている。最後には人間
に戻る。

[わ]

ワルキューレ（Walküre, DM 346）英雄（val）を選ぶ者
（kyri）の意味で、彼女らの任務は戦場に倒れた英雄をワ
ルハラ（英雄たちの館, p.204）に運ぶことである。英雄
たちはワルハラで生き返りオーディンとその妻たちと酒
宴を楽しみ、次の戦いのために英気を養う。ワルキュー
レはオーディンの娘で、侍女である。長女ブリュンヒル
ド（Brynhildr）がオーディンのお気に入りだったが、シ

グルド（Sigurd）に恋したためにオーディンに罰せられる。

ワルトブルクの歌合戦（The War of Wartburg Castle; Der Wartburger Krieg, DS 561）1206年、アイゼナハのワルトブルク城に歌の得意な、徳と理性をそなえた六人の男が集まった。これをワルトブルクの戦いと人は呼んだ。その師匠の名はハインリヒ・シュライバー、ワルター・フォン・デア・フォーゲルヴァイデ、ライマール・ツヴェーター、ヴォルフラム・フォン・エッシェンバッハ、ビテロルフ、ハインリヒ・フォン・オフターディンゲンであった（Heinrich Schreiber, Walther von der Vogelweide, Reimar Zweter, Wolfram von Eschenbach, Biterolf, Heinrich von Ofterdingen）。彼らは太陽と昼について歌い、争った。大抵の人はチューリンゲンとヘッセンの伯爵ヘルマンを昼にたとえたが、オフターディンゲンだけはオーストリアの公爵（Herzog）レオポルトをさらに高く、太陽にたとえた。彼は賢く、巧みに歌った。しかし、他の者たちは、嫉妬から、狡猾な言葉をもって彼を捕え、チューリンゲンから追放しようとした。ハインリヒは一年待ってくれないか、ジーベンビュルゲン（Siebenbürgen, 七つの城；トランシルバニア、いまのルーマニア）に行って、クリングゾール（Klingsor）を連れて来る。この歌合戦の審査を彼に委ねよう、と言った。クリングゾールは当時ドイツの最も有名な職匠歌人（マイスタージンガー）であった。

　当日、クリングゾールが庭園で空を見ていたので、何が見えますかと家臣たちが尋ねた。すると師匠は「今晩、ハ

ンガリーの王に娘が生まれます。美しい、徳の高い、敬虔
な方です。そして方伯様のご子息と結婚なされます」。

　食事のあと、試合会場に行くと、歌人たちが待っており
ハインリヒ・フォン・オフターディンゲンを、のけ者にし
ようとしていた。まずクリングゾールとヴォルフラムが試
合をした。ヴォルフラムは神の誕生、パンとワインの聖変
化（heilige Wandlung）を歌った。聖変化とは，パンが身
体に、ワインが血に変わることである。

　［ハンガリー王の娘エリーザベトについては次項『ワル
トブルクの聖エリーザベト』参照］

ワルトブルクの聖エリーザベト（Die heilige Elisabeth
auf der Wartburg）チューリンゲンの方伯（Landgraf,
ラントグラーフ）ヘルマンは息子のために花嫁を探して
いた。ハンガリーの王に使者を送り、その娘エリーザベ
トを求めた。こうして若い王女は若い方伯の花嫁として
ワルトブルクに来た。エリーザベトは4歳、息子ルート
ヴィヒは11歳であった。当時の習慣に従って、二人は婚
約した。二人は一緒に育てられ、年齢に達したとき、結
婚した。

　ルートヴィヒは陽気で親切な妻エリーザベトを愛した。
特にエリーザベトは貧しい人や病人に同情を寄せた。彼
女は毎日お城から村々へ下りて行き、生活に苦しんでい
る人々に贈り物をした。途中で乞食に出会うと、自分の
マントを与えたりした。夫のルートヴィヒはそのことに
対して反対はしなかったが、人は警告した。彼女に禁じ

なければあなたの財産が無くなってしまいますよと。夫
は、今後は厳格にして、物品を持ち去るのは禁止しよう
と思った。

　しかしエリーザベトは長くは辛抱できなかった。貧し
い人々が飢えていることを知っていたからだ。ある日、
彼女は大きなカゴに食料品を一杯入れて、ひそかに村へ
運ぼうとした。ところが、運悪く、途中で夫のルート
ヴィヒに出会ってしまった。彼女は素早くマントでカゴ
を隠したが、夫はすでに見ていたのだ。「何を運んでい
るのだ？」と夫は厳しく尋ねた。「バラの花です」とエ
リーザベトは不安を隠して答えた。せっぱつまってのウ
ソであった。夫がマントを取り除いたとき、神は奇跡を
行なった。カゴは美しい、かぐわしいバラの花で一杯
だった。神様自身が妻を助けてくれたのだ。夫は妻の善
行を禁じるのをやめた。

　［注］方伯（Landgraf, ラントグラーフ）：Landは州で
あるから、州伯でもよいが、方伯（地方の伯爵）が普通。
この美談はグリムの『ドイツ伝説』にはないので、Rose-
marie Griesbach: Deutsche Märchen und Sagen. Mün-
chen, Max Hueber, 1960 から採った。

ワルトブルクのルター博士（Doctor Luther in Wartburg
Castle; Doktor Luther zu Wartburg, DS 562）ルター博士
はワルトブルクの城で聖書の翻訳をしていた。悪魔はこれ
が気に入らなかったので、邪魔してやろうと思った。悪魔
が誘惑しようとしたので、ルターは書いていたインクの壺

203

を悪魔の頭めがけて投げつけた。彼の仕事部屋と椅子が、そして壁に飛び散ったインクの汚れが、いまも残っている。

　［注］ルター聖書の書名：Biblia：das ist：Die gantze Heilige Schrifft Deudsch. Gedruckt zu Wittemberg 1545. リプリント2巻（Vorwort und Einleitung p.7-144, p.1-1158, p.1159-2516）、Darmstadt 1972. 別冊：挿絵説明、ルターの言語、語彙（p.145-397）。ルターにおいてはder fried, die tag, alle vergenglich dingのように語尾-eの脱落が見える（今はder Friede平和, die Tage日々, alle vergänglichen Dingeすべてはかないもの）。動詞の過去単数と過去複数の語幹母音が異なる（ich sang 'I sang', wir sungen 'we sang'）。英語の欽定訳聖書（Authorized Version of the Bible, 1611）と同様、現代ドイツ語の基礎になった。

ワルハラ（Walhall, DM 682）ワルハラは英雄たち（val）の館（höll）の意味。それは神の国アスガルド（Asgard）にあるオーディンの宮殿で、540の扉をもち、それぞれの扉は800人が並んで出陣できるほどに広い。戦場で倒れた勇士をワルキューレが天上に連れ帰り、ワルハラでオーディンが歓迎すると生き返り、一緒に酒宴を楽しむ。そして次の戦いのために備える。インドにも天女（asparas）が戦場で倒れた戦士を天国へ運ぶという話がある。

ワルプルギス（Walpurgis or Walpurga, DM 878）ワルプルギスはペスト、飢餓の守護聖女。5月1日が祭日。その前夜をワルプルギスの夜（Walpurgisnacht）といい、

4月30日から5月1日にかけての夜に、魔女たちが北ドイツのハルツ山地のブロッケン山（Brocken）に集まると伝えられる。［Walpurgis＜wald森＋burg城］

参考文献（日本語で読めるものを中心に）

1. 『グリム童話集』金田鬼一訳（岩波文庫、全5巻）

2. 『グリム童話集』吉原高志・吉原素子訳（白水社、4巻）1997.

3. 『日本におけるグリム童話翻訳書誌』川戸道昭・野口芳子・榊原貴教編（ナダ出版センター）2000.

4. 「日本におけるグリム研究文献」野村泫（『ドイツ文学』80, 1988）

5. ガブリエーレ・ザイツ著、高木昌史・高木万里子訳『グリム兄弟－生涯・作品・時代』青土社、1999.

6. 高木昌史『グリム童話を読む事典』三交社、2002.

7. 日本児童文学学会編『グリム童話研究』大日本図書、1989.

8. マックス・リュティ著、小澤俊夫訳『ヨーロッパの昔話－その形式と本質』民俗民芸双書。岩崎美術社、1969.

9. 『グリムありますか－メルヘン街道とその周辺－』ひらいたかこ・磯田和一絵および著（東京創元社）5版、1992.

10. 下宮忠雄『グリム童話・伝説・神話・文法小辞典』同学社、2009.

11. 大野寿子『黒い森のグリム－ドイツ的なフォークロア』郁文堂、2010.

12. 大野寿子編『カラー図説グリムへの扉』勉誠出版、2015.

13. グリムを含む世界の昔話のカタログ：ハンス・イェ

ルク・ウター（Hans-Jörg Uther）著、加藤耕義訳
『国際昔話話型カタログ分類と文献目録』2016, A5
判, 上製箱付, 2288頁, 18,000円。小澤昔ばなし研究
所。

参考文献（ドイツ語）

1. グリム兄弟著作全集（42巻, 47冊, Olms-Weidmann, 2001-）J.Grimm/W.Grimm: Werke. 42 Bde. in 47 Bänden.

2. Brüder Grimm : Kinder- und Hausmärchen. 3 Bde. 1980. レクラム版グリム童話。第1巻（Nr.1-86）。第2巻（Nr.87-200）；子供のための聖者伝説（Nr.1-10）；付録（Nr.1-28）。第3巻（注は主としてヴィルヘルムによる；Heinz Röllekeによる文献追加）。

3. マネッセ文庫（美本）Grimms Märchen. Vollständige Ausgabe. Hrsg. und mit Nachwort versehen von Carl Helbling. 2 Bde. Manesse Bibliothek. Zürich 1966.

4. ヘルガ・ゲーバートの挿絵入り（美本）Alte Märchen der Brüder Grimm. 1812年と1815年のうち53話を収める。Helga Gebert編、多色挿絵、Hans-Joachim Gelberg 後記。Beltz Verlag, Weinheim und Basel 1985.

5. グリム童話の注：Bolte, Johannes/Georg Polívka : Anmerkungen zu den Kinder- und Hausmärchen

der Brüder Grimm. 5 Bde. Leipzig 1913-32. 再刷
Hildesheim 1963.

6 . ドイツ伝説：Brüder Grimm : Deutsche Sagen. 1巻
本。Wiss. Buchgesellschaft, Darmstadt, 1979.（585
話）

7 . ドイツ伝説：Brüder Grimm : Deutsche Sagen. 3巻
本。Darmstadt, Wiss. Buchgesellschaft, 1993.

8 . ドイツ伝説（抄）Brüder Grimm : Deutsche Sagen.
(Auswahl). Reclam 6802 [2].

9 . 古代ゲルマン伝説：Neckel, Gustav（hrsg.）1935.
Sagen aus dem germanischen Altertum. Leipzig,
Neudruck Darmstadt 1974. [Fraktur]

10. 挿絵100点：Wegehaupt, Heinz : Hundert Illustra-
tionen aus zwei Jahrhunderten zu Märchen der
Brüder Grimm. Verlag Dausien, Hanau, c.1995.（安
野光雅あり）

英語索引

Aarne, Antti 16
Aegir 39
aesir and vanes 22
age（時代） 111
alliteration 144
Altdeutsche Wälder 93
Asbjørnsen and Moe 16
Asgard 23
AT 25
Attendorn 23
Authari 17
Baldr 164
ball of crystal 124
bearskin 79
blessings 58
blue light 18
booted cat 150
Bragi 177
Breslau（bell casting） 178
briar rose 28-29
Brocken 179
brother and sister 24
Brothers Grimm Museum 83
cat and mouse 156
cathedral ewer 72
Chamisso 19
chamois hunter 66
changeling 97, 147
children of Hameln 158
Cinderella 160
cockfight 55
Cologne cathedral 88
countryman and evil... 168
creation of the world 138

curse 117
danced-out shoes 52
day and night 170
days of the week 195
death 105
Death's messengers 111
decimal system 113
destruction of the world 35
Deutsches Wörterbuch 139
devil 19
devil and grandmother 21
devil's mill 22
devil's sooty brother 21
Dietrich of Bern 181
disappearance 118
diseases 170
divine judgment 123
divine service 65
Doctor Know-All 190
Donar 147
donkey cabbage 70
double（gestalt） 129
dream of treasure 130
Doctor Luther at Wartburg 203
Dorothea Viehmann 147
dream 193
dwarf who came in 132
Dumézil 62
duration of life 115
dwarf 95
earth 130
Edda 41
Eginhart and Imma 39
Elder Edda 92

209

elements 194
elf 194
emperor and serpent 90
epithets of God 65
epos 118
eternal huntsman 38
Eve's children 42
experienced huntsman 113
fairies 129
fairy tale and legend 144
faithful John 135
farming 157
fate 37
Fenriswolf 173
FFC 43
fish on the table 118
food from God 64
foreigner 57
four 196
fox and cat 68
fox and geese 68
fox and horse 68
Frederick Barbarossa 71
Freyr 177
Freyja 178
Frigg 177
frog prince 58
Galoshes of Fortune 156
Gefion 87
German 139
Germanic 88
German Grammar 141
German Law Codices 143
German legends 21
German mythology 142
ghosts 192
giants 73

giant's toy 74
giant with three golden... 44
glass coffin 67
God, Gods 61
God and mankind 38
God blesses bread... 165
Goddesses 190
godfather 151
godfather death 112
God's meal 63
God's Providence 40
Gods' twilight 65
golden bird 75
golden children 48
golden goose 75
golden key 47
goose girl 26, 60
grammar for KHM 84
griffin 57
Grimm correspondece 81
Grimm folk songs 82
Grimm, Hermann 80
Grimm, Jacob 80
Grimm kleinere Schriften 83
Grimm lectures 81
Grimm, Ludwig 81
Grimm, Wilhelm 79
Grimm's Law 85
half-God 164
handless maiden 136
Hans hunting devil 116
Hansel and Grethel 182
Hans-in-Luck 90
Harz 54
Haxthausen family 160
hazel rod 163
heaven and stars 137

Heimdall 180
Heliand 71
Hel 181
heroes 38
heroic legends 138
history of German 141
hobgoblin of the mill 124
holy wells 128
horse-hoofprint 36
hour has come but... 145
house goblin 25
hundred 168
hunger fountain 76
Huns, immigration of 179
Iceland, Icelandic 16
Idun 27
iron stove 136
Jotunheim 74
Kalevala 35, 119
Karl returns from... 56
kenning 87
Kinderlegenden 93
King Green Forest 188
Klaproth, Julius 115
Kunstmärchen 86
Kutten Mine 77
-la (fin.suffix) 119
Lady Holle 190
lady's sandbank 173
Lahn has called 196
language of Gods 63
legend 138
legend never dies 138
little ass 200
little brother and sister 24
little elves 96
little farmer 187

little folk and fairies 97
little glass of Mary 128
little lamb and little fish 94
little red cap 18
little snow white 120
Lohengrin of Brabant 161
Loki 199
long nose 149
Longfellow 41
maiden Ilse 53
maiden with the beard 167
man, creation of 155
man yoked to the plow 125
mark (country, boundary) 78
marriage prohibited 86
master-thief 148
mermaid 155
merman 186
merman and farmer 187
Midgard 188
Mimir's well 185
moon 50
mother Hütt 169
mouse tower of Bingen 171
murder 99
musicians of Bremen 178
Muspell 189
nail 77
Neptune 39
Nibelungenlied 34
Nidhogg 154
Niflheim 75
nine worlds 182
nisse (Nicholas) 155
Njörd 155
nomadic huntsman 99
Norns 37

211

Odin 48
offering 26
Okerlo 49
Old Erik 20
old man and grandson 146
Old mother frost 183
old woman in the wood 191
one-eye, two-eyes... 167
Oslo 22
Oswald 22
other world 26
peasant's daughter 59
paradise 196
peddler and mouse 91
penalty 86
Perrot, Charles 182
personification 67
pink (flower) 152
play Hans 23
poet 111
poetics 109
polygamy 132
poor man and rich man 172
poor miller's son 184
presents of little folk 97
priest 123
prospectors (diggers) 91
proverb 94
proverbs and blessings 58
quotations (épea pteró-) 135
race for the boundary 72
Rapunzel (lettuce) 158
Ragnarok 197
Rask, R. 197
removal, Entrückung 117
rhyme 69
right of water 186

river that stands still 151
Roland 89
rose 163
royal grave 48
runes 198
sacrifice 26
Saemundar Edda 128
saga 98
Saint Elizabeth 202
Saxo Grammaticus 99
Seeress's prophecy 186
serpent 180
seven 153
shepherd on Kyffhausen 69
Siegfried 106
Siegfried and Genofeva 106
Sigurd 110, 200
Simeli-Mountain 112
singing bone 34
six swans 199
skaldic poetry 42, 125
Skjöld 127
slavery 198
sleeping king 157
Sleipnir 128
Sultan, Old (dog) 198
Snorra Edda 128
soaring lark 34
social classes 57
sparrow and children 127
spirit in the bottle 66
star dollars 183
Stavoren 173, 175
stream of love 89
summer and winter 151
sun brings on the day 19
superstition 189

Swallows bring spring   152
swan maiden   160
sword   89
table, ass, stick   134
tale of Schlauraffenland   153
Tannhäuser   133
Tell, William   31
temple   123
thief among the thorns   28
Thompson, Stith   149
Thor   144
three   102
three army surgeons   101
three birds   103
three brothers   100
three feathers   104
three journeymen   102
three languages   188
three little men in wood   191
three luck-children   101
three snake leaves   104
time and world   109
toadstool   166
transformation   117
trees and animals   115
troll   148
turnip   60
twelve apostles   113
twelve brothers   114
twelve hunters   114
two brothers   176
two identical sons   176
two king's children   44
Týr   137
undutiful son   54
Utgard   35
Valhalla   204

Valkyrie   200
Vanes   31
vigesimal system   154
Volsungasaga   33
Walpurgis   204
War of Wartburg   201
water of life   27
Wayland the Smith   59
Weinsberg   31
Weisthümer   94
werewolf   46
werewolf rock   46
wergeld   99
white bride & black bride   121
white snake   122
William Tell   31
wishing   156
wishing mantle   70
witch   184
witchcraft   185
Wodan   33
wolf and fox   45
wolf and seven little goats   45
wolf-man   46
wood spirits   191
world-destruction   35
Yggdrasil   193

あとがき

　グリム童話とドイツ伝説をドイツ語で読み始めたのは、ドイツ語教師になった1975年ごろからだった。このテーマの本を書きたいと思ったのは、2003年ごろで、それからは、ヤーコプ・グリムのドイツ語文法、ドイツ神話学、ドイツ法律故事誌などを集中的に読んだ。こうして、本書の前身『グリム童話・伝説・神話・文法小辞典』（同学社、2009）が出来た。今回は、文法を最小限にとどめて、書き直した。ヤーコプ・グリムのドイツ神話学の随所に書き添えられたラテン語の用語は定義を知る上で貴重だ。英雄「半神」をhalf-God, Halbgott, semideusと呼び、『古代ドイツの森』ではゴート族の歴史に登場するフン族の王アッティラ（Attila）をAlleinherrscher der Welt（世界の唯一の支配者）と呼び、ラテン語でsolus in mundo regnatorと書き添えている。よくぞここまで、と言いたい個所が何度も出る。ギリシア語についても、同様である。

2018年9月7日

著者プロフィール

下宮 忠雄（しもみや ただお）

1935年東京生まれ。早稲田大学、東京教育大学大学院、ボン大学、サラマンカ大学でゲルマン語学、比較言語学、スラヴ語、グルジア語、バスク語を学ぶ。1967年、弘前大学英文学教室講師。1969年、同助教授。1975年、学習院大学文学部独文科助教授。1977年、同教授。2005年、同名誉教授。2010年、文学博士。

　主著：グルジア語の類型論（独文）；バスク語入門；ノルウェー語四週間；ドイツ・西欧ことわざ・名句小辞典；ドイツ・ゲルマン文献学小事典；言語学I（英語学文献解題第1巻）；デンマーク語入門；エッダとサガの言語への案内；オランダ語入門ほか。
[同時刊行]『アンデルセン小辞典』

グリム小辞典　　A Pocket Dictionary of Brothers Grimm
(Fairy and Folktales, Mythology, Law)

2018年12月15日　　初版第1刷発行

著　者　下宮 忠雄
発行者　瓜谷 綱延
発行所　株式会社文芸社
　　　　〒160-0022　東京都新宿区新宿1-10-1
　　　　　　　　　電話　03-5369-3060（代表）
　　　　　　　　　　　　03-5369-2299（販売）

印　刷　株式会社文芸社
製本所　株式会社本村

©Tadao Shimomiya 2018 Printed in Japan
乱丁本・落丁本はお手数ですが小社販売部宛にお送りください。
送料小社負担にてお取り替えいたします。
本書の一部、あるいは全部を無断で複写・複製・転載・放映、データ配信することは、法律で認められた場合を除き、著作権の侵害となります。
ISBN978-4-286-19711-1